TAKE
SHOBO

軍人皇帝は新妻をかわいがるのに忙しい

夜織もか

Illustration
なま

軍人皇帝は新妻をかわいがるのに忙しい

contents

イラスト／なま

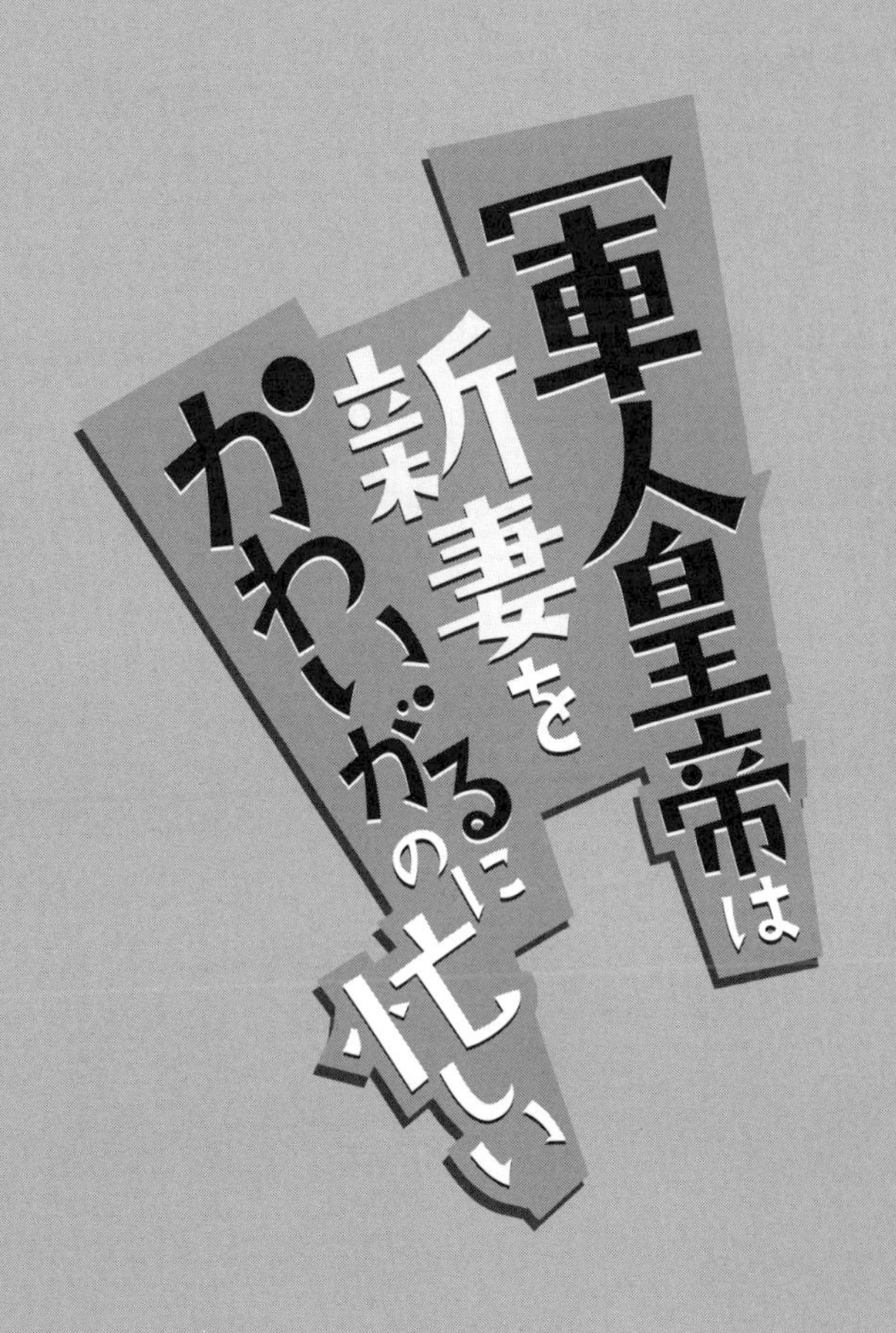
軍人皇帝は
新妻を
かわいがるのに
忙しい

プロローグ

「いいんじゃないか？」

それがレルスマイアー帝国、十三代皇帝ディートハルト陛下のお言葉だった。

最上段に据えられた玉座の上。そこに無造作に腰掛ける皇帝陛下は、長い手足を持て余し気味に、投げやりな様子でその視線を周囲へ流す。

真っ赤な髪が、まとまりきらず頬に掛かった。

どうでもいいのか、関心が無いのか。その態度に似合いの着崩れたシャツは、きっと軍の訓練服かなにかだろう。

わざわざこの面談のために、身繕いの時間を取る必要はない。

つまりはたぶん、そういうことだ。

左右に従える帝国の顔とも言うべきお歴々を除けば、その肩に乗る豪奢なマントだけが彼の権威を示す唯一のもの。

でも、それで正解だった。

アメリアは衣装係のその仕事に、思いっきり見入っていた。

（すごい。ものすごい度胸とセンスだわ……）

——余計な宝飾品など、この方には必要ない。

きっと顔も知らない彼あるいは彼女はそう言って胸を張るのだろう。それくらい、彼のその赤は、深紅の髪と揃いで誂えたような瞳は強く鮮やかだ。

視線のわずかな動きすら洗練して映る。そんな風に見せている。

赤い瞳の、その威圧感すら増すように——

「……ッ！」

自分の上で留まった視線に、我に返ったアメリアははっと息を呑む。

そうだ、ここは豪華に飾られた舞台でもなければ、声を発したのだって玉座に腰掛ける人形なんかじゃない。

（そもそも、どうしてわたし、こんなところに……）

普通だったらアメリアごとき、ここに立つことだって許されない。だから呼び出されはしたものの、てっきり主人が何かしでかしたのかと思っていた。

（だけど、そうじゃなくて……）

その赤い視線をぼんやり見返しながら、考える。

さっきの「いいんじゃないか」は、この場に引き立てられた娘がアメリアだったこと。

何がいいのかというと、アメリアが次の皇帝を産むということで——

（待って。意味がわからない）

だってつまりそれは、皇后になるということだ。

——ありえない。

玉座の横に立つ、真っ白な白髪を整えた宰相閣下。その下に並ぶ文官のお歴々。帝国内の要人がほぼ一堂に会したみたいに、彼らの対面、皇帝の玉座を挟んで反対側には、帝都に居合わせた諸侯やその代行がずらりと立ち並ぶ。

異議を申し立てる権利は誰にでもあった。

なのに、どこからもその気配はない。

信じられないことに、皇帝が放ったその一言はこの場の総意であるらしかった。

——いいんじゃないか。

(……子供さえ、産めるなら)

皇帝には、未だに子がない。

それだけじゃない。兄弟も、叔父も従兄弟も、近しい縁者は一人もいないのだ。

この巨大な帝国の次の時代を担う候補がいない。それは帝国圏の存亡にも関わる恐ろしい事態だ。

「異議はないか?」

そう、この国で最も尊い人が言う。

語る声も視線も、どうしようもなく投げやりだ。

壁際に立つ女官の幾人かは小さく顔を顰めたり、溜息を零したりと、呆れた様子を見せている。女性として、一応は男性でもある皇帝陛下の、その大雑把でロマンの欠片もない台詞に対して言いたいことがあるんだろう。

（それ、陛下のお目に触れていると思うのだけど）

彼は一段どころか何段も高い所に腰掛けているのだから。

けれどきっと、そんな小さなことまで目くじらを立てるような性格をしていないのだ。

皇帝陛下の従兄妹であるクリスティーナもそうだった。寛容というより、そこまで他人に興味がない。

（だったら余計に、彼のために誰かが道を正してあげないといけないのに）

このとき、アメリアの中でふつふつと沸き立ったのは、義憤だ。

（どうして誰も、何も言わないの？）

それがアメリアには信じられない。

信じられないから、立ち上がった。ここにはいつも庇ってくれていた、幼馴染みで乳姉妹で友人で主人でもあるクリスティーナ公女の姿はない。

顔を上げたアメリアに、数え切れないほどの視線が突き刺さる。

ぐっと喉を塞ごうとする圧力を無視して、彼女はまっすぐ前へと口を開いた。

「恐れながら、陛下。……発言をお許し願えますか」

「そこまで畏まる必要はないが」

（このひと、ほんとになにもわかってないんじゃないの……）

畏まるところだろう、どう考えたって。

恐る恐る視線を上の方へと向ける。階段のように何段も作られた高い上座にあって、じっと見つめてくるその赤い瞳を見返した。

怖いくらいに美しい人だ。

（おばさまに、似ていらっしゃる）

彼の叔母、すなわちクリスティーナの母親に。

今ここで向けられるその視線の中に、彼が従姉妹（いとこ）に向けていた親しみのようなものが、ほんの少しだけ混じっているようにも思えた。

きっと錯覚だ。

そんなに長く見つめていたつもりはないけれど、目が合って固まったように見えたのかもしれない。彼は小さく苦笑を浮かべた。

「言いたいことを言えばいい」

寛容にもそんな風に許可を出して、目を細める。それがすごく、怖い。

クリスティーナの美しさは清流のそれに似ている。あるいは朝露に濡れる瑞々（みずみず）しい白百合（しらゆり）のようにも。だけど彼のそれは、美しく造り上げ計算して飾られたドライフラワーの花束だったり、芳醇（ほうじゅん）なワインの深い赤を思わせた。

どこか薄暗い、退廃としたイメージ。

（落ち着いて。そんなのわたしに、関係ない）

そうだったろうか。

——無意識にクリスティーナに似ている部分を探して、安堵しようとするのは、今この状況で致命的かもしれないのに？

アメリアはとにかく呑まれそうになる気持ちを落ち着かせようとした。

興味深げに見つめてくる、その視線から目は逸らせないけど。必死になって意識を逸らす。

「お言葉に甘えまして陛下。このお役目、光栄ではございますができれば辞退申し上げたく」

「続けろ」

「ご無礼お許しください。陛下ほどの方なら、お世継ぎを産みたいと望む女性は多いと存じます。わたくしは、お役目をまっとうする自信が——」

「なら、俺の妻は五歳の幼女だな」

「は？」

彼はそれを、さもおかしいと微笑みながら口にした。

「この帝国領内、もちろん女性全員に打診まではしていないが。条件に見合う女性はもう数少ない。一応は皇典で決まっているんだ、この家に嫁ぐ女性はその血筋を七代遡っても問題ない者でなくてはならないそうだ」

視線を向けられて、しかり、と一段下に控えていた宰相が頷いた。

「誰ともしれない血を混ぜることは許されないらしい。それでも候補は数多いたはずだが、どういった訳だろう。そう、先だってもダイアス家の令嬢に帝国領外まで逃げられたんだったか。

ご息女は息災かな、ハースト公」

「は。その節は、その――」

「いい。過ぎたことだ」

諸侯の一人が膝を折ろうとするのを制し、彼はまたアメリアに目を向けた。

「無理強いしようとすれば自死まで選ぼうとする始末だ。見事本懐を遂げて死ねるなら当人は満足だろうが、それは皇家への裏切りだ。命を賭して俺に楯突いたと言える。なればこちらとしても、残った一族を咎めだてしないでは面目が立たない」

つらつらと語られる説明に、彼自身の感情は一ミリも含まれていなかった。

だけど、だから、アメリアはただ呆然と聞いていた。

きっと、そういったことだってもう既に、あったことなのだ。それこそ彼の隣に並び立つ女性の身分や資質など問題外になるほどに。

「家は取りつぶしになり領民は路頭に迷うだろう。それくらいならいっそ一家で心中……ああ、帝国領外へ逃げよう、などということもあったな」

いつだったか、半年ほど前か。

呟くようなその言葉に、将軍が思い切り顔を顰めながら頷く。

「まあそれはいい。事前に防げたこと、不問にしたことだ。ともあれ俺としては、誰でも構わぬ妻のために有能な部下がいなくなるのは惜しい」

ざわ、と諸侯たちの間からざわめきが漏れた。

　でも、そこは感動するところじゃないとアメリアは思った。

　一体どうして、婚約者候補の娘達にそこまで全力で逃げられることになったのか。だって普通だったらありえない。

（クリスティーナの話をもっと真面目に聞いておけば良かった！）

　どんな理由なのかアメリアは知らない。ただ、妙齢の女性は誰も彼もが宮廷を避けているのは事実だった。『皇后にふさわしい女性』は上から順に逃亡を図った。どんな野心家と噂される娘でもだ。

　そうして始まった『皇帝陛下の嫁探し』。

　もちろんアメリアだってその話は知っていた。

　でも主人であるクリスティーナは皇帝と血が近すぎて、妻にはなれない。だから関係ないと思っていた。もちろんアメリアは最初から範疇外だ。

　そのはずだ。

（わたしは名目だけお父さまのご友人のどなたかの後妻に入らせて貰って、このままずっとクリスティーナのところで奉公させてもらうつもりだったのに！）

　けれどどれだけ内心で歯噛みしようとも、この場にクリスティーナの姿はない。

　本来であれば、彼女はアメリアの監督者兼保護者としてこの場に立ち会ってしかるべきだ。

でも、彼女は帝都を離れている。

　誰かが彼女を遠ざけた。

（それは、たぶん……）

クリスティーナが強硬に反対することを知っていて、場合によっては強権を発動してもこの場からアメリアを連れ出すだろうことを知っている人物。

——皇帝陛下、その人が。

その瞬間、その赤い瞳と目が合った。

じっと内面を覗(のぞ)き込(こ)んでくるような視線に思考が止まる。それを見て、彼は思わせぶりに微笑んだ。こんなに距離があるのに、アメリアのすべてを見通してるみたいに。

「何か希望はあるか？」

「希望？」

「どんなことでもいい。お前の未来、場合によっては命と引き換えにしても得たいもの。あるのなら、叶(かな)えよう？」

「そんな大それたもの……」

あるわけがない。

アメリアはただの普通の一般女子だ。

（このまま退出したい……）

言えば、きっとそんな下らない願いでも叶えられるのだろう。皇后になることと引換に。

（なにそれ、まったく意味がないじゃない）

玉座にあって考えを巡らせている皇帝陛下は今、アメリアに提示する条件を検討しているようだ。傍らにいる宰相に何か囁いて、却下されている。その姿は、噂ほど暴君のようには見えなかった。

そもそも彼が未だ未婚であることが謎なのだ。

若く、有能で、見目も良い上に、彼は皇帝である。この帝国領内で彼以上に権力を持つ者はいない。

大陸の半分を治めようという大帝国の、最高権力者。

その隣に立つ皇妃になれるとなれば、多少の無理はしてでも娘を押しつける貴族も多いだろうし、折角婚約者になれたのに逃げていくなんて、そんな女性の気持ちがアメリアには――

（すごくよくわかるわ）

「陛下。その、側室を何人かお召しになる、というのは難しいのですか」

アメリアの言葉に、彼は首を傾ける。

不可解そうに。

「皇妃の座を用意しても、嫌だと泣いて逃げるのにか？」

「皇妃だから、皆さまその重責に堪えかねて――」

「ああ、なるほど。クリスティーナが懐くだけあってお前は善良だな。可哀想に」

（かわいそう⁉）

どうしてだろう。

この場で響いたその単語の連なりは、アメリアにとって目を瞠るくらいの衝撃だった。びっくりしすぎて声が出ない。

そんな彼女を、皇帝陛下は興味深げに眺めている。

そうして言った。

「うん、そうだな。お前には少し優しくしてやろう」

「いえ、そんな必要はなくて――」

ただこの場から解放してくれるだけでいい。

「そうか、それは良い心がけだ。俺も無闇にキツく当たっている自覚はないから困っていた。妃として最低限を要求しているだけで逃げられるのだから」

（最低限、って……）

一体なにを要求されるというのだろう。

「どうやら、なぜ自分が、と考えているようだが、――」

――単に俺が、女性に、ものすごく嫌われてるんだ。

ふ、と笑う。

そのどこか弱い笑顔は嘘だと、ほとんど知らない相手なのに確信できてしまう。

（でもどうしてわたしなんかに嘘なんて――）

彼が玉座から降りてくる。

その現実にアメリアが気づいたのは、あと三段下りれば彼の足が同じ床の上に着く頃。

はっと我に返ったときには、すぐそこに雲の上にいるはずの人がいた。その驚きで飛び退ろ

うとしたけれど、そんな無礼を働くほどの時間ももうなかった。

顎を掴（つか）まれ、顔を上向けさせられた。

「へい、か――？」

「たとえばここで俺がお前に愛を囁いたとして、どう思う？」

ほら。

やっぱり絶対現実じゃない。

その赤い瞳を見つめながら、アメリアはそっと唇を動かした。

「どこか、お加減が悪いのかと」

「なかなか言葉で逃げるのが上手いな。そうだ、誰も信じない。明らかに嘘だ、だろう？」

――だから愛は囁かない。

それは、こんなに間近で告げなければいけないことなのだろうか。

アメリアはその言葉に小さく頷いた。きっと、そうすることを求められていると思った。そうしないとこの手は離れないのだとも。

その大きな手は視界に入っていなかったし、身を屈（かが）めて覗き込んでくるその瞳の距離は近かった。

囁くように落とされる言葉だから、声が大きい訳でもない。

でも、怖い。

怖くて、身体が震えてしまう。

「お前が、仕事と言ったんだ。臣下として、俺の子を産むことが。俺は世継ぎを作ることはお前の義務だと言い聞かされて育ったから、俺だけの責任じゃないという理屈は新鮮だった」

　アメリアはその言葉に、ほんの少しだけ呆れてしまう。

　そしてまた考えなしに口が開いた。

「それは、だって。陛下は、お子様をお産みになれません」

　女性じゃないのだから。

　は、と彼は笑い混じりに息を吐いた。その通りだ、と笑いに震える声で囁く。

　よくわからない。意味がわからない。その視線が、皇帝の視線がアメリアのような人間に向いているのも、視線が絡んだだけで彼が笑うのも。

「……あの、手を。離して、」

「なぜ？」

「首が、痛いので」

「ああ、それはすまない」

　やっと解放された、と一歩後ろに下がろうとしたけれど、腰に回った腕の所為でそれも叶わなかった。

　彼は国内の要人が一堂に会すこの場で、宣言した。

「では、今日この場を以て、アメリア・トレンメルを俺の妻とする」

第一章

（ああ、なんて美しいの……！）

流れるような銀糸の髪、そこに絡む大ぶりのサファイア。

抜けるような白い肌と、ふくよかな胸と絞られた腰のラインは今日も魅惑的だ。

薄く青みがかったシルクのドレスは仕立てたばかり。胸元から腰に掛けて濃い青と金色の糸の細かな刺繍（ししゅう）で彩られている。

そこから足元へと流れるように落ちていく、その美しいマーメードライン。

アメリアが憧れてやまないけれど、自分の背丈と体型と雰囲気では致命的に似合わないために着られない、そんなドレスだ。

仕立屋にこっそり耳打ちして長く作らせたそのトレーンを、アメリアは後ろに控える振りでさりげなく整えた。

乳姉妹だというだけで、この素晴らしい光景を間近で鑑賞できる、この幸運。

目の前の貴公子との会話に飽きたのだろうか。彼女はその赤味（あかみ）の強い紫の瞳をアメリアに滑らせて、小さく笑うと彼女の頬に指を伸ばし囁いてくる。

「また、そんな目で私を見て。殿方に誤解されるわよ？」

「……仕方ないわ。クリスティーナがこの会場で一番綺麗なんだもの」

「ふふ、あなたにそう言われるのは嬉しいわね」

わずかに首を傾げる、それだけで飾り立てた銀の髪が、シャンデリアの煌めきを撥ね返すように輝いた。

その光景に、アメリアはうっとりと見入った。

贔屓目でなく、自分の主人はこの会場でもっとも美しい。

ここ帝都では毎夜のごとく夜会が催されているが、これくらいの規模になれば帝国領内の諸侯や属国の関係者がひしめき合う外交の場になる。有力貴族や名の通った諸侯が立ち並ぶその中でも、アメリアが仕えるクリスティーナが背負う家名は特別だ。

北のフレーザー公国。

帝国の祖である英雄の母が生まれた国であり、真っ先に恭順の意を表した国。帝国領に組み込まれて後も自治を認められ、国の名を残すことまで認められた唯一の国だった。その歴史は帝国のそれより長く、また折々で皇帝の血筋と血を混じらせてきた結果、今ではもっとも有力な外戚の一つと目されている。

長い歴史と洗練された文化に、民からの救心力を皇帝と二分するとまで。

（でもそれは、言いすぎよね）

アメリアが生まれ育ったあの国は、少し辺鄙な場所にあって風光明媚な、ただの田舎の小国にすぎない。

けれど未だ勢力拡大を続ける帝国は広すぎるのだろう。

帝国内に組み込まれて日の浅い国々にとっては、伝え聞こえるその物語こそが事実になってしまうようだった。

そしてなによりクリスティーナだ。

この社交の場において微笑む、美しすぎる公女という花が彼らの幻想を煽り立てている。

（こういう誤解は乗っちゃう方がいいのよね。だとしたらクリスティーナにはもっと、あんな風に飾りを――）

「アメリア、どうかして？」

「え？　あ、ごめんなさい。次の夜会で貴方をどんな風に着飾らせようか、考えていたの」

アメリアは美しいものが好きだ。

美しいものを更に美しく飾り立てる仕事がしたくて、何度もクリスティーナの衣装係に就かせてほしいとお願いしたけれど、父が侯爵という身の上ではそれこそ下働きに過ぎると言われ許されない。

（身分なんてそんなもの、ないも同じなのに……）

遅くに出来た侯爵家の末娘、というのはなかなか難しい。

父とは孫と祖父かというくらい歳が離れ、親子ほど歳の離れた兄たちはアメリアが生まれる前に家庭を持ち独立している。

老齢の侯爵――アメリアの父はそろそろ楽隠居したいみたいだけど、アメリアがどこかに嫁がないことには兄に爵位を移譲できない。〝侯爵家の娘〟と〝侯爵の行き遅れの妹〟との間には、それくらい深くて大きな溝がある。

だけど困った事に、国内にそこそこ家柄と年齢が見合う未婚の男性がいないのだ。

政治的野望に燃えるような世界だったら違うのだろうけど、フレーザー公国はのんびりとしたお国柄だ。まだ若い初婚の、しかも侯爵家のお嬢さんを、特に理由もないのに老人の後妻に迎えるなんて可哀想だろう、的な空気が強い。

（別に、それはそれでいいんだけど）

だってアメリアは、若い男性が苦手だ。具体的には上から見下ろされることと、大きな手と、大きな声が苦手だった。とにかく、生理的に。

そのリハビリもかねて、男性を集める誘蛾灯(ゆうがとう)のようなクリスティーナの話し相手兼付添人の傍仕えとして帝都に上がってきたのだ。

けれど。

（わたし、帝都に来てから、クリスティーナにしか口説かれてなくない……？）

クリスティーナの美しさに惹(ひ)かれ近寄ってくる男性たちは、まるで砂糖に群がる蟻(あり)のようだ。目的の物に一直線で、がっついていて、落ち着きの欠片もない。

「ご婚約もまだとか。それとも内々にどなたかと話がすすんでいるのですかな？」

「位もすべて兄が継ぎますもの。弟もおりますし、わたくしの身の振り方一つ、国にとってはどうということもありませんわ」

下手な探りなのかアピールなのか牽制なのか、どれにしたって失礼な質問にも、国の名代として外交を任されているクリスティーナは微笑んで答える。

(お姫さまって、たいへん)

比べてアメリアはお気楽だ。

だって、とにかくクリスティーナを男性と二人きりにしなければいいのだから。

これは、出国の際にフレーザー公直々にお声が掛かるほど重要な任務だった。簡単なようで意外に難しいけれど、群がる男性が虫に見えるアメリアにとっては彼らの邪魔者に向ける視線などものの数ではない。

ただ、これって絶対リハビリにはならないだろうな、と思う。

クリスティーナに絡んでいる男性が、まるで舞台俳優のような大げさな身振りで両手を広げ首を振った。

「それはない。まったく、ご老人方は一体何を考えているのやら。女性の美しさが国を興し、あるいは女性のために国を滅ぼした話など、いくらでも転がっているのに」

「まあ、そんな風に仰って頂けるなんて。けれど、そう、もし後の歴史に名を残すほど美しい女性がどこかにいらっしゃるなら、是非見てみたいものね、アメリア」

(そこでわたしに振る?)

アメリアは、びっくりした。

だからつい本心を口にしてしまう。

「きっと世に名高いチェスタートの妹姫だって、貴方ほど美しくはなかったと思うわ」

クリスティーナは意表を突かれたみたいに目を丸くした。すぐに大輪を思わせる微笑みを浮かべたけれど、それは吹き出しかけたのを誤魔化しただけだ。

それが手に取るようにわかって、アメリアは目を眇めた。

「……ありがとう。貴方の言葉は、今宵聞いた中で最高の賛辞よ」

女同士で口説き合ってどうする。

そう諌めてくれるような人物はここにはいない。

アメリアの言葉尻に乗って更なる美辞麗句を捧げようとする貴公子を、クリスティーナは閉じた扇の一降りで遮った。そうしてにこりと微笑み一礼すると、アメリアの手に指を絡めて歩き出す。

同時に澄んだ鐘の音が会場に響き渡った。

帝都の舞踏会には他にはない様々な慣習がある。特に特徴的なのがこの鐘だ。鐘の音一つなら特別な身分の者――他国からの招待客や帝国に帰属した各自治国の王族やそれに類する貴族が入場した知らせ。

今のように、三つ連続で打ち鳴らされる場合は、皇帝がお出ましになる合図だ。

そして若い娘たちを上座に呼びつけるものでもあった。

「知っていたの？」

「たまたまよ。場所を変えたかったの。だって気づいていた？　貴方の後ろに立っていた殿方、貴方のことをとてもいやらしい目で見ていたわ」

悪戯っぽく微笑むその視線の先、アメリアは自身の姿を見下ろして首を傾げた。

夜会という場所に合わせて、うなじとデコルテは少し深く開いているかもしれない。だけどそれだけ。

ふわりと広がるドレスの裾は、アメリアからすると少し子供っぽく思える。

クリスティーナの美しく洗練された装いを見て、そっと息を付くのもアメリアが幼い頃からの習慣だった。

（けど、きっと似合ってはいるのよね）

自分の姿形はそこそこいけていると思う。でも、どうにも趣味じゃないのだ。

幼馴染みのように青や緑が似合わない。今日も身につけているのは淡いピンクのドレスだ。

薔薇の花がモチーフなのが少し凝っていて、グラデーションになるよう繊細に染められた薄紅、花びらのように幾重にも重なる裾がアメリアの動きに合わせて揺れている。

（綺麗だとは思うけど、でも、こんなのばっかり！）

きっと髪の色が問題なのだ。

このストロベリーブロンドは整えれば赤味がグラデーションになって珍しいものだけど、その所為でふわふわとした暖色系しか似合わない。これで瞳の色が青ければ、と鏡を見るたび恨めしく思うけれど、何度覗き込んでもそこにあるのは淡い榛色だ。

「そんな顔しないで。可愛いわ。可憐な花の精みたいよ」

「わたし、湖の精霊がいい」

こんなやりとりも何度目だろう。

幼い頃に読んだ童話に出てきた、騎士を加護し祝福を与えたその精霊はアメリアの憧れの象徴で、そしてそのイメージはいつからかこの幼馴染みに重なった。

「クリスティーナみたいになりたいわけじゃないのよ。ただ、そういうドレスが着たいの。似合ってみたいの！」

「なあに、それ」

おかしげに笑う幼馴染みはやっぱり美しい。

美しくて、美しすぎて、もしかしたら魔法でも使えるんじゃないかと思う。そんな子供っぽい考えを見透かすみたいに、宝石のような瞳が輝いた。

「さっきの男は馬鹿ね。アメリアの方がずっと可愛いのに」

「わたしは醜くないってだけで、普通に無難なのよ」

「そうかしら？　私は好きよ」

拗ねて口を尖らせるアメリアに、クリスティーナがくすくすと笑う。その間に人垣を出たらしい。

ぽかりと開いた空間に、少女達が集う。

これは公的なお見合いだ。選別と言っていいかもしれない。

当代の皇帝はまだ未婚なのだ。

一人目の婚約者が病気療養の名目でその座を退き、二人目の婚約者がどんな事情か帝都から自国領に下がってしまった頃から、まるで成人のお披露目にも似た形で未婚の若い娘が中心の夜会に皇帝の入場を迎え入れることになった。

（だけど、最近なんだか……）

アメリアは周囲をそっと見渡した。

以前はもっと、さまざまなドレスがひしめき合っていた。少しでも皇帝陛下の目に留まれば女性の身としてはかなりの出世が望めるのだから、当然だろう。

なのに今日はとうとう、向こう側の壁が見えてしまっている。

（わたしを含めても、十数人くらい……？）

そういえばいつからだろう。社交界の花と言われたヘルミーナや、少し高慢だけどいつも新作のドレスが素敵だったクラウディアの姿を見なくなったのは。

今日ここにいるのは、閉じこもりのレーナや男嫌いで有名なマルガレーテ。二人はあからさまに不機嫌な顔をしていた。きっと無理に連れて来られたのだ。内気なローザリンデはじっと俯いたまま顔を上げない。

他にも見たことのない少女が幾人か。

けれどその所作が少しおかしい。もしあの少女たちがクリスティーナに近づこうとしたなら、アメリアは間違いなく割って入る。

（だって。まるで使用人を着飾らせて、この場に放り込んだみたい？）

アメリアは自国領では侯爵家の末娘としての身分があるが、帝都の社交界での立場はあくまでも、主人の付き添い人だ。横の繋がりが薄く、世情に疎い。

友人と呼べる人は、主人であるはずのクリスティーナしかいない。

「ねえ、クリスティーナ。今日はなんだか、人が少ないような気がしない？」

「そうねえ」

彼女は閉じた扇を唇に当て、気のない様子で周囲を流し見る。

いっそ見事なまでに他人事という態があからさまだ。私には関係ない、とそう顔に書いている。未婚の女性とはいえ、皇帝陛下の従姉妹である彼女が妃に選ばれることはあり得ない。

現在のフレーザー公家の血筋はそれほど、皇帝のそれと近すぎた。

「あの方も、こんな馬鹿げた催しを真に受けて妻を選ぶなんてなさらないと思うけど。まあ、大丈夫よ。貴方のことは私が守るから」

「そんな心配はしていないけど……」

この美しい麗人はなんでも欲しがる少し困った性格をしている。

周囲の困惑を呼ぼうがお構いなく、ただの幼馴染み兼友人に対してすら、これは自分の物だと公言して憚らない。アメリアを傍仕えとして連れ歩くのもそのためだ。

何度か、言い方を考えた方がいいと苦言を呈しはしたけれど、『貴方を囲い込んでいるのよ』と微笑まれてはぽーっと頬を染めるしかない。それくらい、アメリアにとって彼女の容姿は絶対だった。

　もちろん少し貴婦人の規格から外れて思えるその剛胆な性格も、優しさも、幼馴染みとして大好きだ。

「でも、だからその綺麗な瞳は隠しておいてね」

「わたしの瞳はすごく平凡だし。そもそも畏れ多くて、顔を上げるなんて無理よ」

　アメリアの特徴であるふわりと波打つ細い髪や、小柄な体格は公国人の特徴だ。

　すらりとした体型やはっきりとした目鼻立ち、クリスティーナの容姿には帝国の血が色濃く出ている。今この国でもてはやされるのは、そんな美しさだ。

「そう？　だけどあの方、容姿だけは恵まれているでしょう。アメリアは綺麗な顔が好きだから、心配だわ」

「大丈夫。皇帝陛下はだって、怖いもの」

　その言葉に特に意味などなかった。

　けれどクリスティーナはわずかに目を瞠り、そうして小さく微笑む。

「そうね。私、アメリアのそういうところが好きよ」

「クリスティーナ？」

　――あのひとは、確かに怖い人ね。

　その囁きに被(かぶ)さるようにして、人びとのざわめきが大きくなり、また一瞬で静まった。大広間全体に響き渡る長い口上。そうして開いた扉の向こう、現れた若い皇帝の姿にアメリアは慌てて膝を折る。

また一つ鐘が鳴り、扉が閉まった。

コツコツと響く足音が誰のものかなんて明白だ。楽団が奏でる楽曲は途切れることなく続いていたが、それも人びとの喧噪(けんそう)抜きではどこか浮き足だって響くだけだった。

その足音が、止まる。

アメリアの斜め前方、クリスティーナの目の前で。

「ああ、久しぶりだな、従姉妹殿」

「陛下も、ご機嫌麗しゅう」

ほう、と感嘆の吐息がいくつも重なって、広間に響いた。二人並ぶ姿に対する賛辞だ。

アメリアはそっと後ろに下がりながら、そんな二人の様子を盗み見た。

どんな言葉を聞かされたのだろう。クリスティーナは一瞬かすかに眉をしかめる。けれどすぐに取り繕われた笑顔。作られた笑みすら大輪の花を思わせるのだからすごい。

彼女と同じフレームに入っている、お美しい皇帝陛下の姿は、この素晴らしい光景の添え物としてはありだと思う。

アメリアにとって若い男性は皆、その程度のものなのだ。

だから目が合った瞬間、どうすればいいのかわからなくて固まってしまう。

(えっと、逸らしてもいいの、かな……)

クリスティーナとは少し違う、もっと澄んで見える赤い瞳。

不躾に見つめていた事を咎められるでもなく、強いて言うなら彼は不思議そうなまなざしでアメリアを見ている。

確かにクリスティーナの言う通りだった。

巨大なシャンデリアが放つ細かな光の波を捉えて輝く赤い髪。強い意志を感じさせる目元に、通った鼻筋。遠目からではすらりとして見えた体躯も、間近にすると印象が変わった。

(背が、高い……)

そしてやっぱり、黒に金のラインが鈍く光る上着に目が行ってしまう。

さっき一瞬間近に見えた、その金糸の刺繍の細やかさはもう一度見たいかもしれない。クラヴァットまで黒いのはどんな意味があるのだろう。

その異装はだけど、彼のその赤の華やかさを引き立てていた。

だけどそれより、なによりも。

(すごく、似てるわ)

男性と女性という性差が鮮やかに二人を分けるけれど、逆に言えばそれくらいしか違いがないとも思える。

クリスティーナと、ディートハルト皇帝陛下。

従兄弟同士ということを差し引いても、二人が纏う空気はそっくりだった。

彼のその目がこちらを向いたまま、口が開きかけたに見えたその時——

「わたくし、嫌です!」

突然響き渡った声に、会場が一瞬静まり返る。

ローザリンデだ。

彼女はこんな声をしていたのか、と思ったのはアメリアだけじゃないと思う。それくらい内気で有名だった少女が、決死の覚悟で顔を上げていた。

きっと会場にあるすべての視線が彼女に集まったろう。

真っ青な顔色で、ぶるぶると身体を震わせながら、同じくらい震える声で叫ぶ。

「みなさま、義務だと仰るけれど、そんなの関係ない！　もっと立派で素敵で、ちゃんとした方々がいらっしゃったじゃないですか！　わたくしのことをずっとずっと、みそっかすだって馬鹿にしてた方々が逃げて、どうしてわたしが。どうして！」

飛び出してきたのは彼女の両親だろうか。慌てた様子で彼女の口を塞ぐと、無理矢理引きずるようにして暴れる少女を押さえ込み、そのまま抱えて退出していく。

その姿が扉の向こうに消えるまで、少女の「どうして！」という悲愴な叫びは消えなかった。

「上手い手を使ったわね」

「クリスティーナ？」

「公衆の面前で錯乱した、神経の細い令嬢なんて、皇帝の妻にはふさわしくないでしょう」

「わざとってことなの？　だけどどうして？」

少女自らそんな風に評判を落とせば嫁ぎ先にも苦労するだろう。

騒ぎの間にアメリアの隣に移動してきたクリスティーナは、離れて立つ従兄弟に流すように視線を向けた。

「最初の婚約解消の流れが拙かったのかと思っていたけれど。これは少し、難しい状況なのかもしれないわ」

彼女のその含みのある言葉が妙に耳に残る。

だからか、アメリアの目は惹かれるように彼に向いた。

視線の先、一人立っている皇帝陛下。冷めた目で連れ出されていった少女を見ていた彼は、この国で最も尊い人なのに、まるでその場に一人取り残されたようだ。

彼は軽く息をつき、踵を返す際にばさりとマントを跳ね上げる。一瞬だけど、腰に吊した剣の鞘の輝きが目に残った。

会場の誰もが、彼の言葉を固唾を呑んで待っている。

(だけど、なに……?)

号令を待つようにただ一人の人を見つめる人びと。なのにこの場に漂う空気はどこか、曖昧に濁っている。

(誰も、……怒ってない?)

叫び連れ出された少女の気持ちをわからないとは言わない。

社交界デビューを果たしてまだ数ヶ月。内気だと評判の少女があれだけのことをしでかすのだから、もしかしたら好きな相手がいるのかもしれなかった。

それをなかったことにして皇帝に嫁げと言われたのだろうから、それは可哀想だな、とアメリアだって思う、けれど。

この場にいる全員が、その反応を仕方のないことと許容してしまうのは違うだろう。

だって裏を返せば、そういう態度を取られて当然だと言っているのだ。唯一無二の、自分たちの王に対して。

「お咎めになるべきです」

隣でクリスティーナが息を呑んだ。

その音を確かに聞いていたのに止められない。アメリアの目には一人佇む皇帝が、自分の主人と重なって見えていたのかもしれない。

「その御腰の剣を抜かぬ陛下のご慈悲は素晴らしいものです。けれども、それに甘えるなど臣下として許されません。この帝国の民であれば、課された義務もまた相応だと」

しんとした会場にはアメリアの声しか響かなかった。

一介の小娘が不遜にも皇帝に声を掛けた。それを咎める人すらいない。

それもアメリアの常識ではありえなかった。苛々が頂点に達していた彼女に、振り返ってその言葉に耳を傾けていたその人は訝しげに繰り返す。

「義務とは？」

「田舎から出てきたばかりで帝都の流儀は存じませんが。必要があれば主家の血を次代に繋ぎ守ることもまた、臣下の義務であろうと存じます」

例えばここがあのフレーザー公国なら。

クリスティーナの兄である皇太子には相思相愛の妻たる女性がいるから、そんな必要はないけれど、だけどもし同じ状況だったらアメリアは喜んで彼に仕えるだろう。

愛も恋もない。主家に臣下である自分の血を混ぜてしまうという点で畏れ多いが、それしかないのなら迷う余地はない。それが仕えるということだ。

主家に自身を捧げるほどの価値を見い出していないのなら、仕えるという行為自体ただの欺瞞（ぎまん）だ。頭を垂れると自ら決めた相手に、その血に、それほどの価値があると認めた。その事実を否定することは自身を否定すること。

これはそういう、臣下としての矜持（きょうじ）の問題だった。

（主を仰ぐ立場にある者として、本当に腹立たしい）

内心で怒り狂うアメリア。皇帝はただその姿を見返している。そんな状況に、クリスティーナは溜息をついた。

アメリアの主はただ一人、傍らに立つクリスティーナだ。

物心付いた時からフレーザー公国に忠誠を誓い、それを誇りに思って今日まで生きてきた。だからこそアメリアはこの場にあって、自分はフレーザー公国の一員であるという認識しかなかった。

そう、誤解していたのだ。

ある意味この場に集った貴族の誰よりも不敬で不遜だった。アメリアはこの時、自分もまた帝国民であることを、認識すらしていなかったのだから。

＋　＋　＋

——アメリア・トレンメルを俺の妻とする。

その宣言が大広間に響いた後。水を打ったような一瞬の静寂を置いて、人びとの間から安堵混じりの歓声が響いた。

その振動にアメリアの視界がぐらりと揺れる。

ああ、でも。

（あんなこと言ったら、こうなるのも当然じゃない）

こういうのを、身から出た錆というのだろうか。

（でも錆なの？　お妃様の地位が？）

ちぐはぐすぎて眩暈がする。

あの夜会は皇帝自ら足を運ぶランクのものだった。若い世代がメインとはいえ、有力者も数多く混じっていた。

きっとあの日のアメリアの言葉は、とうの昔にこの場にいる有力者たちに伝わっているのだろう。まさか義務だろうと堂々と啖呵を切った当の本人が、過去宮廷から去って行った女性達のように、なりふり構わず逃げようとはすまい。

そんな安堵の影が、宰相の顔からすら見て取れた。

（本当に、逃げられないかもしれない……？）

待って、待って、待って！

誰か、と視線を巡らせた。助けてくれる人、アメリアの味方になってくれそうな、そうじゃないならこの場の人びとを落ち着かせてくれるだけでもいい。

そんな人を見つける前に、赤い瞳に捕まった。

「では、行くか」

次の瞬間、アメリアの身体が宙に浮く。

腰を抱く腕に抱え上げられて、つまさきが床に着かない恐怖に足をばたつかせると、彼は思い直したのかすぐに床に下ろしてくれた。

ただもう歩き出していたから、腰を抱かれているアメリアはそれについていくしかない。

臣下が立ち並ぶ広間の中央を突っ切るようにして向かうのは、正面の大きな扉。

「待っ。あの、どこに、ですか？」

「この城にも聖堂はある。狭いが、誓いを立てるのに問題はない」

「誓い？」

「ああ。神なんてものが実在するかは知らないが、慣習に則（のっと）るのは大事なのだろう？　神の御前で、違（たが）えることの許されない契約を交わそうじゃないか」

このひとの声も、選ぶ言葉も、本当に彼自身はそれをどうでもいいと思っているのがありありと伝わってくる。

けれどそれは駄目だ。

誓ってしまえば、本当に絶対に、どう頑張っても逃げられない。

感極まって涙ぐむ老紳士たちの視線をくぐり避けて、侍従が恭しく開いた扉から廊下へと出る。背後にはいつからいたのか、皇帝陛下をお守りする衛士が五人ほど。

その固い踵が打ち鳴らす足音で、アメリアはまた我に返った。

「待ってください、準備が。お父さまもいないのに、……そうだわ！　フレーザー公から頂いたお役目をそのまま、お許しもなく宣誓の場には、わたし――」

「俺が認めたことだろうと、公なら覆せると？」

そう言った彼――ディートハルトは微笑みを浮かべてすらいたけれど。

「あ……」

その恐怖で不思議と、唐突に、思い知った。

目の前の皇帝陛下は、背の高い、身体の大きい、アメリアの苦手な男性そのものだ。

（クリスティーナ、どうしよう）

怖い。

「あ、あの、申し訳、――」

「いい。そうだな、誓った事実があろうとなかろうと大した違いはないか。神に誓うには覚悟が足りないというなら、そこはお前に譲ろう」

何が起きたのかわからなかったけれど。

この怖い人が突如差し出してくれた譲歩に、アメリアは取り縋るようにこくこくと頷いた。

だって宣誓さえしなければ、今のはただ臣下の前で宣言しただけだ。〝陛下の気まぐれ〟として、後でいくらでもなかったことにできる。

何よりクリスティーナがいる。彼女が帝都に戻りさえすればきっとなんとかしてくれる。

（たとえば、すごく美人な姫君を同盟諸国から嫁いでこさせるとか——）

その想像に、一瞬だけ、ちくりと胸になにかが刺さった。

（って、今はそんな小さなことに傷付いてる余裕なんて。そうよ、だからわたしは、とにかく時間を稼げば——）

なにしろこれは、皇帝陛下の結婚なのだ。

過去の事例に則れば、どれだけ急いだって最速でも三週間ほどの準備期間が必要だ。その間に、アメリアも務めを離れることへの許可をフレーザー公に願い出たり、父や親族への報告をしなければならない。

つまり、外部といくらでも接触できる。

（大丈夫。なんとかなるわ！）

それは楽観に過ぎると、もしこの場にクリスティーナが居れば諌めてくれたかもしれない。

アメリアが己の甘さに気づいたのは、連れてこられた豪華すぎる寝室の、その寝台の上に押し倒された時だった。

ばふん、と音を立てて身体が倒れる。

その上から覆い被さる影。すぐそこにある赤い瞳。護衛はこの部屋に続く扉より先には付いてこなかった。

と、アメリアは理解できる状況をまず頭の中に並べ立てた。

「さて、トレンメル嬢」

「は、い？」

——陛下のお顔が近い。

アメリアは思わず膝を立てて、寝台の上を後ずさった。それを見下ろしてくる瞳には特になんという感情もないけれど、一定の距離が開くとその影は一歩、アメリアに迫る。

にじりさがった分だけ、同じように追ってくる。

皇帝陛下がだ。

アメリアはぱちぱちと瞬きを繰り返し、とりあえず逃げるのを中断した。

この部屋にいるのは二人だけ。

見つめてくる赤の視線がアメリアの頬のあたりにじりじりと突き刺さる。それをあえて目に入れないようにしながら、彼女はまず部屋を見渡した。

窓はない。

両開きの大きな扉は、この部屋に入る際に彼が開け放ったまま。

その向こうに見える部屋の、さらにもう一つ向こうの部屋の扉の前で、付き従っていた護衛は立ち止まった。彼らはそのまま廊下に詰めているのだろう。

だから、少し騒いだところで彼らの耳には届かない。

本当だったら、そんな状況に乙女らしく恐れでも抱く場面だ。

でもアメリアがとっさに思ったのは「あそこにある真っ白い大きな花瓶を、襲ってきた人の頭に落とせば効果的なんじゃないか」みたいなことだった。

(待って、落ち着いてわたし。首を切られたいの?)

考えるだけならバレても不敬罪で牢屋行きくらいで済むけれど、もし実行して目の前の人物に一筋でも傷を付けてしまえば斬首確定だ。

それくらいの人物と二人きり。しかも寝台の上。

アメリアは、すごく混乱していた。

だって距離が。普通だったらありえない。

(この帝国で、一番偉いひと、なのに)

室内に飾られているのは、彼の立場にふさわしい金の燭台や金の椀。

鮮やかな糸で織られたタペストリー。窓のない部屋だが、どこからか光を引いてきているのだ、反射光で壁が明るい。ここは単なる客室じゃない。

寝台だけでアメリアの詰め室くらいの広さはありそうだ。天蓋を支える柱の細工も見事で、カーテンは光を通すレースのものと、光を遮る厚い緞帳の二種類。どちらも客人向けというようには贅（ぜい）を尽くされすぎている。

　つまりここは、この帝国の皇帝陛下の私室だった。

「あの、お部屋に案内してくださった、のでは……なかったんですね」

「お前の部屋は用意されないだろうな」

「え？」

（帰っていいの？）

　そんなはずないのに、つい顔を上げてしまい、心臓が止まるかと思った。

　そこに待っていた赤い瞳が、じっとアメリアを見つめたままだったから。

　彼は呆れたみたいに、ほんの少し眉間に薄い皺（しわ）を浮かべる。

　そのまま、結っていた髪を解かれた。

「帰れるわけがないだろう？　残念ながら、ここがお前の仕事場で、居室で、牢獄（ろうごく）だ」

　目を凝らせばその長い睫毛（まつげ）の一本一本が見分けられるかもしれない。額や頬にまっすぐ落ちる赤い髪は、指通りがなめらかそうだ。いつかクリスティーナが言っていたように、彼は確かに、素晴らしい容姿をしてた。

　でも、赤くけぶるように落ちた髪の向こうで、透けるような瞳が冷たく光っている。

「そんな言い方を、いつも……なさっているんですか？」

「それがこの場で重要なことかな」

（これって。陛下が女の子に嫌われているだけだって、……本当だったらどうしよう）

甘やかさはなくてもいい。だけど、優しさはたぶん、必要なのだ。

(優しくしようって、あれ。断っちゃいけなかったのかも)

「観念したか?」

そう、目の前のひとが言う。

広間で響いていた声は、今の声よりずっと張っていて力強かった。人びとに行き渡らせる必要がない分、発せられる声は優しくないけど柔らかい。

「——観念?」

赤い瞳が、訝しげに揺れた。

きっと今、まっすぐ目が合っているから。アメリアが自分の意思で、彼の目を覗き込んでいるから。

「面白いものなど何もないだろう」

そう言う彼の肌は、抜けるように白い。

自分が手入れする訳がないから、きっと世話をする小姓かなにかが付いているのだろう。

この部屋だってそうだ。精緻に刻まれた意匠も、光る糸を紡いで織られた敷布も、誰かの手により捧げられたもの。彼らの美しさはそうやって造り上げられるものなのだ。

(そうあってほしいと願う、わたしたちのために?)

どうしてだろう。このひとを前にすると、彼らに美しくあってほしいと願う自分が、すごく間違ってるみたいに思えて、落ち着かない。

（クリスティーナにはわたし、ずっと、そんなことを平気で求めてきたのに……）

「危機感がないのか、混乱しているのか。それともすべて計算か」

ぽかんと、思わずアメリアはその顔を見つめた。

彼が笑ったから。相手を小馬鹿にしたようなものだが、笑みは笑みだ。

あの豪奢なマントはこの部屋に入った頃から肩にはなくて、たぶんあちらの部屋の床にでも落とされたのだろう。だから、こんな変な錯覚をしてしまう。

普通の人のようだ、なんて。

「まあ、なんだって構わない」

その苦笑はどんな意味だろう。

いずれにせよ、アメリアの現実逃避は彼にとっては、そんな小さな笑いに流して容認できる程度に、取るに足りないことのようだった。

「誓わず、時間を稼いだ。事態を無難にまとめて逃げるつもりか？　まあ、その聡明さや賢さも悪くない。考えるだけなら自由だ」

「……え？」

肩を押されて仰向けになる身体。反射的に起き上がろうとして、でもできなかった。

上から押さえつけられて。

「だけど諦めろ」

視界のほとんどを赤が占めた。

「俺は真面目な王様だからな。お前のその身体を確実に、この城に繋がなくてはならない」

「繋ぐ？」

「鎖や縄を使うような物理的な手段は選ばないさ。――いやある意味、物理的ではあるのか」

彼の右手が、そっとアメリアの腹部を撫でた。

シュミーズの上にコルセットを巻いて、その上に厚く織られた布で作ったドレスを着ている。だから、撫でさするその指先の感触までは伝わらなかった。

だけどこの瞬間だ。

現実が生々しいまでの実感を伴って理解できたのは。

(子供を産む、身ごもる。そのために必要なこと――)

――ここは、寝台の上だ。

罠に掛かった兎のように跳ねようとして、そんな抵抗すらもうできないことに呆然とする。

そんなアメリアを、彼は目を細めて見ていた。満足そうに。アメリアが顔色を変えて逃げようとしたことに非礼だと気分を害してもおかしくないのに。

ようやく理解したのか、とその表情が語る。

アメリアは、へいか、と唇だけで呟いた。

その呼称は正しく、それを口にすることは彼女にとって、彼と自分を分厚い壁で隔てる行為だ。目の前の人物は〝異性〟ではない。〝皇帝〟なのだと。

そういう欺瞞で、現実逃避だ。それを彼は笑う。

「一度でもここに吐き出せば、お前は半年はこの場所から出られない。そういう決まりだ。いくら恐ろしい従姉妹（いとこ）殿でも、既成事実を取り消すことはできまいさ」

「きせい、じじつ……」

「何もわからない、などと言うつもりはないだろう？」

囁かれて、嗤（わら）われて、たぶんこのひとはアメリアが一瞬前まで本当に〝何もわかっていなかった〟ことを知っているのだと判（わか）った。

　意地が悪い、その赤。薄い唇が蠱惑的（こわくてき）な弧を描いている。

　アメリアはそれを呆然と見上げながら、ちょっとずつ、宮廷の大広間で展開した大げさな舞台と、平凡な自分の現実が混じっていくのを感じていた。

　立派な身なりの皇帝陛下は、彼女にとってずっとずっと遠い存在だ。

　なのにそのひとに、いじわるをされている？

「あの、待って」

「なぜ？」

「なぜって……」

　彼から少しだけ距離を取りたかった。そうしたらこの混乱から抜け出せる気がしたから。

（あぁでも、わたし。これって。普通に馬鹿だと思われてるんじゃ……）

　彼の目には、アメリアの行動はとても愚かに映ったろう。

　赤い瞳から距離を取りたいと単純にそれだけの気持ちで後ずさって、自分からベッドの奥へ奥へと進んでいる。気づいても止められない。そうしてとうとう行き止まりだ。

アメリアは背中からずり上がるように、ヘッドボードに並べられたクッションを伝って上体を起こした。そうしたら見下ろされるほの暗い恐ろしさからは抜け出せた。

でもここから床まではとんでもなく遠い。なんとか突き飛ばして逃げようにも、きっと床に足が届く前に捕まってしまう。

肩に置かれた手の重みに、アメリアは逃げることを諦めた。

目の前の気配がほんの少し和らいだのは、それが伝わったから、かもしれない。

「陛下。陛下、こんなの。おかしい、です」

恐る恐る顔を上げ、視線を交わす。なんとか伝わりますように、と願いながら。

彼はそれに、なにが、と問うように首を傾げた。さらりと彼の赤い髪も揺れて、それにどうしてか心が揺れた。

すごく普通に見えたから。

(ああもう。陛下なのに、こんな。普通のひと、みたいって)

僭越(せんえつ)だ。畏れ多い。頭がおかしい。

そんな風にとまどって、考えるけどやっぱり理解できなくて。逃げればいいのに身体が動かない。動かないこの身体を、本当に彼は抱こうというのだろうか。

「お願いです。少し時間を――」

「そうやって恩情をかけて、逃げられたらどうする?」

「逃げません」

「みな、そう言う」

彼はそこで小さく嗤った。次いで向けられた視線がはっきり「諦めろ」と命じる。

「へい――」

「普通の手順を踏んだところで何も変わらない。繋がってから分かり合うのでも大した違いはないだろう。少し順番が逆になるだけだ」

「わかり合えなかったら？」

「……それは、不幸なことだな」

――お前にとっては。

そんな風に続くんだろう響きだった。でも違う。そんなことを問いたいわけじゃない。そう反論しかけたアメリアの瞳を、彼が覗き込んでくる。

その瞬間、察してしまった。反論は許されていないのだと。


彼はじっと見つめてきていた目を細めた。

口を噤んだアメリアの何を見定めたのだろう。わからない。どうしようもない。どうしていいかわからない。

アメリアはとっさに、はっきりとした意志を持ってドレスを脱がしていくその手を掴んだ。

彼はその手を振り払わなかった。でも、ドレスを脱がす動きも止まらない。

「へい、か……。あの」

ふ、と肌に直に吐息が触れる。笑われている。そのまま唇で肌をくすぐられた。

（やだ……）

逃げたい。

縋（すが）り付くように掴むのは大きくて皮膚の堅い、男の人の手。握り込もうとしてもアメリアの指の長さでは全然足りない。止めようとしても力で負けてしまう。

でも苦手だと思っていた、触れたことのないそれが思ったよりずっと普通で、人肌の温度で温かくて、当たり前の人間の手だった。

「口づけは、どうしたい」

「え？」

弾（はじ）かれたように顔を上げる。

そこに。本当に間近に、彼の顔があった。光彩の煌めきがはっきりと目に映り、吐息が触れて、その体温が空気に伝わるくらい。彼の手があごにかかる。

憐（あわ）れみを半分混ぜた苦い笑み。

（あ……）

口づけられる。

不意に薫った彼の匂いから目を逸らしたのは失敗だった。だって、視界の全部が彼なのだ。

かるくはだけたシャツの襟の奥、白い肌とその喉のライン。

たったそれだけが生々しかった。だから思わず、彼の手を握る手にぎゅっと力を込めた。

「……そうだな。しなくとも、子作りには支障はない」

「あ……」

「気にするな」

掴んだ手をほどかれ、手のひらを重ねるように握り込まれた。いや、押さえつけられた。

そして下りてきた唇がそのまま頬を素通りする。

思わず息を呑んだその瞬間、耳たぶを噛まれた。固まるアメリアを宥めるようにぬめった舌先がそこを滑って、柔らかい唇に食まれて。

(食べられるみたい)

絡まった視線の先、その綺麗な赤い瞳に浮かんでいるのかもしれない感情の色は、アメリアにはわからなかった。

わかっているのだ。受け入れるしかない。

でも、端から解けはだけられるドレスを見ていたら、涙がこみ上げた。悲しいとかじゃない。ただ彼が落とす、きっと意味なんかない吐息がアメリアには、倦怠のそれに聞こえるのだ。どうしようもないという諦めと、苦行を前にした溜息のように。

「アメリア？」

呼ばれて、アメリアはのろのろと顔を上げる。

（どうかされましたか、って。言わなきゃ……）

――でも、どうして？

ぼんやり見上げる先で、彼はたぶん二秒くらいの間ほんのわずか右に視線をずらして、軽く吐息を落として、目を戻す。

「俺は子供を産めない。お前の言葉だ」

「それは……」

「そう、誰かが孕まないと」

視線を重ねたまま、溜息を呑み込んだ少し掠れた声で彼は言う。

それでどうしてかわかってしまった。説得してくれようとする、言い聞かせてくれる。これが、彼の優しさなのだ。

『誰かが犠牲にならないと』

彼が暗に滲ませるその〝犠牲〟はアメリアを差すのだろう。でも違う。

（わたし、だけじゃない……）

彼だってそうだ。アメリア自身に彼が好意を持つはずがない、それでも、好意どころか興味すらなくとも、彼は今ここで抱くのだ。

必要だから。義務だから。

そんなの――

「お世継ぎとかじゃなくて。そういうんじゃなくて、ただ貴方の子を産みたいと願う方はきっとどこかに」

「おめでたいな」

呆れたような吐息を混ぜて。そんな風に目の前で息をつくその姿は、すごく――

(『かわいそう』)

あの大広間で、彼がアメリアに告げた言葉の重みが、なんとなくわかる気がした。

うっすら浮かんだ眉間の皺と、訝しげに向けられた瞳。険しい顔をしていても精悍さが際だって見える。きっと彼は誰が見ても美丈夫で、覇気があって、多くの人に慕われていて、この国で一番偉い。なのに愛も恋もないのだ。

(わたしがこの国の偉い人なら、誰でもいいなら超超すごい美女を用意するのに)

「……想う方は、いらっしゃらないんですか」

たぶん酷い顔をしている。

さっき瞳を潤ませた涙は未知の行為への恐怖だったけど、今せり上がってくる涙は、この感情は全然違った。

(このひとは、たぶん、すごく真面目に〝皇帝陛下〟をやってるんだ)

だから謁見の間に集った人びとは彼を敬愛していて、妻など誰でもいいなんて滅茶苦茶なことも彼が言うから納得する。

(でも、それでも、わたしじゃなくてもいいと思うけど)

どうせならクリスティーナくらい美人な女性を探してくれれば良いのに。

必要ならどんな醜女でも抱けるくらい役目を厭わないから、臣下の信頼が厚いのかもしれないけど、このひとは皇帝なんだから、もうちょっとわがままでもいいと思う。

「どうしてお前が憐れむ。この状況で」

「だって、それは。陛下……」

なじっていると思われてしまうだろうか。でも昂ぶった感情でこぼれた涙は、その彼の手に拭われた。

「面白いな。それは俺が問うべき台詞な気がするが。そういうお前は？」

「……ぜんぜんいないです。おとこのひとはきらいです」

ぐずぐずとした言葉が口からこぼれた。どうでもいい、言わなくていいことまで。

正確には嫌いではなく怖いだし、その怖いも恐怖じゃなくて虫とかコウモリに対する、近づかれるのが嫌だ、という程度の感情だ。

その証拠に、涙を拭う彼の手は怖くない。

嗚咽で揺れる身体の、その頬を包むようにして強引に目を合わせてくる。

わかっているだろうと彼の視線が言う。わかっていると頷いた。

アメリアはこんなときでも嘘をつけない自分を恨めしく思ったが、嘘をついてわからないと首を振っても意味がないことも理解していた。

「――……ッ」

晒されていく肌に本当は両手を胸の前で組みたかったし、目を瞑ってしまいたい。でも。

アメリアはあの夜の夜会でも、今日も、自分の心を偽るような言葉は口にしなかった。あれは全部本心だ。それが臣下としての彼女の誇りだ。

なのにここで逃げたら、泣き言を言ったら、それが全部嘘になってしまう。

解けていた髪が乱れて、見慣れた色の髪が視界に滑り落ちてくる。それを梳く指の感覚にぞわりと背筋になにかが駆けた。

「――……っ、その、あまり見せられるようなものじゃ」

「早く脱がせろと？」

違う。だけどそういうことかもしれない。

剥き出しになった上半身にアメリアはとうとう目を瞑った。最後に見たのは、揺れる自身の乳房とそれに触れる彼の手だ。

（やだ。どうしよう）

触れられてる。ぞくぞくする。

「嫌なことは早く終わらせたい、そういうことにしておけ」

「そん、ゃ……ッ！」

やだ、とは言いたくない。絶対に。

だから手で口を塞いで、でも、するりと脚を滑っていくドロワーズの感触を追ってしまう。

もう裸を隠すものは何もない。

とっさに膝を折り揃えて身体を隠した。恥ずかしくて顔も上げられない。彼の大きな手の平が、震える脚の先から太股までを撫で上げる。

「乱暴にはしない。楽にしろ」

「むり、ですッ！」

「そうか」

含み笑いの吐息が触れる。

輪郭を辿るように、腰から脇腹まで指がくすぐった。

（笑えたら、いいの、に……っ。くすぐったいって、子供みたいに）

でも駄目だ。ぞくぞくする。

小さく身を捩っても、その手はどこまでも付いてきた。その親指が、少し強くお腹の側を押して、それで。

ぞくん、と身体の奥になにかが伝わる。脚で隠した、その下腹部のあたりに。

「ぁ……」

目が合ってしまったら、逸らし方がわからない。

怯えたように見えただろうか。嫌がっていると思われないだろうか。そういう気持ちも本当だけど、それだけじゃない。ちゃんと伝わるだろうか。

――こわい。

まだ夜には遠くて、照り返しが差し込む室内は柔らかく明るくて、その赤い光彩はそんな光を吸い込むようにゆらゆらと揺れている。

（ちがう、揺れてるのはわたしの、涙のせい）

ぎゅ、と目を瞑って逃げた。

その伏せた頭を優しく撫でられた、気がした。

（どうしよう）

乱れた髪に差し込まれた指が下りていって、そして。心臓はずっとどきどきしていた。

その胸に彼が触れる。皮膚の薄い頂きの部分を熱い手のひらが滑るたび、小さな声を上げそうになった。やわやわと揺らされて、親指の先で確かめるように先端を撫でられる。

尖り始めたその存在を無視するように手のひらが滑る。まだ柔らかいその先端を転がされるのが、たぶん気持ちいい。

その甘やかな快感にとまどって、どうしていいかわからない。ただじっと目を伏せ息を詰めて恥ずかしさに耐えることしか。

「や、ぁ、っ」

つきん、と痛みに似た甘い衝撃。

指で押し上げるように摘まれた。その刺激に思わず顔を上げてしまう。

「気にすることはないさ。生理的な反応だ」

その先端を指の先で掻かれて、ぞくぞくとひっきりなしに走る感覚に腰が引ける。でも、後ろに逃げられなくて、アメリアは唇を噛んだ。だってもう身を捩る余裕もない。

（声が、出ちゃ……ッ）

呑み込んでも呑み込んでも、身体の内側に向かって刺すような鋭い刺激が喉を突き上げるみたいでアメリアは泣きそうになった。

どうしてだろう。胸への愛撫なのに、なぜか脚の間が疼き出す。

「へい、か。待っ……ッ」

「何を待ってほしい？」

「やっ、手を……ぁ、ッ」

「感じているのが丸わかりだ。快感を拾うのに長けた身体か。良かったじゃないか」

「ふぁ……！」

耳に直に注がれるような、その声に揺れる鼓膜の震えが肌を伝って広がっていく。

（やだ、や。ぞくぞくする）

甘くねっとり重いなにか。それが纏わりついてくるようで。

「素直に感じていろ。その方が楽だ」

「あっ……！」

ぞくん、と走った甘い痺れ。下腹部に下りた手のひら、その指先がへその凹みに触れた。同時に内腿の柔らかい部分を掴まれて。

でもそれだけだ。なのに必死に膝を折って強ばっていた身体がくたりと脱力した。まるで魔法みたいだった。必死に脚を閉じていたのが馬鹿に思えるくらい。

そうやって無造作に開かされた脚の間に、大きな身体が割って入る。

（そんな風に、見ないで）

　剥き出しの肌が彼の衣服に擦られる、その刺激にも感じてしまう。辛うじて口を塞いで声を抑えたけれど、仰け反った背にそれはあからさまだったろう。

　指の間から息が漏れる。

　もう意地なのかもしれない。目は伏せも閉じもしなかった、たぶんそれが彼には可笑しかったんだろう。

「感じやすいな。経験済みか？」

　くすぐるように指先が下りていく。

　下腹部から、その晒された脚の間へ。膝は折り曲げたまま、両脚を大きく開かされて、いつも空気に触れないそこがわずかに顔を覗かせているのがわかる。

　だって何も身につけてない、隠せない。

「ゃ、……ぁ、あ、だめ」

　その指先はくすぐったさを纏ったまま、甘く疼くそこに触れようとしている。アメリアの意識は完全にその指先に向いていた。

　指の先が淡い茂みを掻き分け、くすぐる指先がじんじんと疼くそこに触れてしまう。

　じんわり濡れているそこを押し開くように、その指先が――

「あるのか？」

「ぇ、……ぁ」

赤い瞳が、なにか問いかけてる。

それを見つめ返して、わからないと小さく首を振った。その間も彼の手はアメリアに触れている。割り開かれたその間を、そっと指がなぞった。

びくん、と身体が跳ねる。濡れた指先に何度も何度もなぞり上げられて、もうどうしようもなくて身を捩った。

「濡れているな」

その一言で、一気に頭に血が上った。

——誰かと肌を重ねた、経験？

「や、ない。こんなの、するつもり……ッ、あ、ッやめ——！」

じん、とした痺れが走る。

熱が凝って、まるで粗相しそうな感覚にどうしていいかわからなかった。ぬめりを掬(すく)うように指で抉(えぐ)られたところが疼いて、怖い。

「そん、なとこ、……さわっちゃ——ッん！」

「触れないで、できることじゃないだろう」

笑い混じりのその声に首を横に振った。ちがう、そうじゃなくて。

堪えようもなく声が漏れていく。そこをなぞり上げられるたび腰が震えて。指先から逃げても追いつかれて。だけど我慢しないといけない。

（や。むりぃ……）

触れられることに慣れてきた身体が、与えられる刺激を心地よいものと覚え込もうとしている。恥ずかしいのに気持ちが良い。くちり、と小さく響く水音に耳を塞ぎたかった。でも。指先でくすぐる入り口から指が滑って、その上部で震える小さな尖りに、指先が触れた。

「あ、だめ」

「なぜだ？」

吐息が触れるくらい間近から、そう尋ねられた。ぼんやりとしたアメリアの視線を絡み取る強い光。その赤い瞳を見返した。

ああ、息が止まりそう。

触れるか触れないか。それくらいの強さで、何度も何度も指がそこを滑る。

（だめ、だめ……）

「だっ……て。そこ、きもちよく、なっちゃ……」

じわじわと追い詰められていく。

息が苦しくて、熱くて、甘くて。駄目だと思うのに、逃げたいのに、そこをその指先に押しつけるみたいに腰を揺らめかせそうになった。

羞恥と混乱でまた泣きそうになる。

「逃げられないと、わかっているだろう？」

「あ、陛下……や、」

「――気持ち良くなればいい」

そのまま、指だけで追い立てられた。

他人から与えられる快感は深くて、甘くて、受け流す術も持たない身体は恥ずかしいくらい素直に感じてしまう。それを全部、間近で見て、このひとはどう思ったんだろう。

甘すぎる余韻に睫毛を震わせながら、アメリアは少しだけ唇を噛んだ。目を上げる勇気なんてない。

散々嬲られた入り口に熱の塊が押し当てられる。

ひ、と喉が鳴ったけど、でも。それで擦られる下肢はぐずぐずに溶けていて、更なる快感の予感に震えている。節操なく快感を拾い上げようとする身体がこわい。

「ぁ、……あ、――」

唇は一度緩めばそのまま。

指先も、脚も腰も、芯が溶けたみたいで力が入らない。

このまま流されてしまっていいのだろうか。逃げない、逃げてはいけない。そう言い聞かせていたけれど、そんな立派な建前にどれほどの価値があるんだろう。

(……だってわたし、覚悟なんてできてない)

ぐちり、と濡れた音が小さく響いた。深い快感の熾火にふわりと酸素が触れたみたいに、言葉にできない焦燥に顔を上げた。

見なければ良かった、と思った。その後悔が強く胸を穿（うが）つ。

（——そんな、憐れむような視線……ッ）

だけどあの暗褐色の絨毯（じゅうたん）の上で、この人の声を聞きながら、自分の目はとっさに逃げ道を探した。それが本心だ。

逃げないだなんて、逃げられない現実から目を背けた欺瞞でしかない。

（ああ、だから。我に返ったら逃げるって、このひと、言ってた）

彼の方が正しかった、それだけだ。

ぐ、と押し上げるようにそれが入ってくる。指とは比べものにならないくらいの異物感と、圧迫感。

——だめっ！

心の中で強く叫んだのと同時に、身体の奥で衝撃が走った。

なにかが裂ける痛み。でもそこで終わりじゃなくて、もっと奥までそれが入ってくる。身体の奥がこじ開けられる感覚、その時間が永遠に思えた。

「……あ、ぁ」

「息を止めるな。力を抜け」

そんなの無理だ。ぐっと俯（うつむ）いて首を横に振る。その顎を掴まれて、仰向けられた。

突然開けた視界の中で、その赤が鮮やかで、息ができなくてくらくらした。綺麗な赤い瞳。

額にうっすら滲んだ汗に張り付いた髪は瞳の色よりもっと深い。

顎を掴んだその手の指で、濡れた唇をなぞられる。

「息をしろ」

まず吐け、と命じられて息を吐く。それだけで少し楽になった。

強い指示には従う。幼い頃からすり込まれたただの反射だ。でもそれを、褒めるみたいに撫でられる。

「そうだ。いい子だな」

ぼんやりとした視界の中、アメリアの目は自然とその鮮やかな赤を追う。

きっとご褒美みたいなものなんだろう。胸をまさぐられ、頂きを摘まれる。じん、とした快感が今度は、彼の切っ先を呑み込んだその奥にまで響いた。

また気持ちよくされてしまう。

それは嫌だった。本当は嫌だけど、力を抜けとその甘く響く声で何度も耳元で囁かれて、全身を撫で回されると、どうしても意地を張ることができない。

力を抜いて受け入れたら、その手のひらの愛撫はずっとずっと気持ち良い。

もうそれは知っていた。

（どうしよう……）

甘ったるい吐息だとか、快感に身動ぐ身体だとか。

無理に逃げようとすれば、無理に押し広げられた場所が痛む。快感に震えれば咥え込んだそれの存在をまざまざと思い知った。

はなかっただろうけど。

（……繋がってる）

今この瞬間から、彼女は正真正銘『皇帝のお手つき』だ。

誰も後戻りさせてくれない。元々誰も、彼も、アメリアをこの宮廷から出してくれるつもりはなかっただろうけど。

不安と、後悔と。なのにじわじわとせり上がってくる快感の予感。

頭の中がぐちゃぐちゃぐちゃだった。

「――……ッ、う」

俯いた視界の中で、彼の手に揉まれ形を変える胸がうっすら色づいて見える。

（赤い……）

そんな風に色を変えるなんて知らなかった。

ぞくん、と甘い衝動が駆け下りる。真っ赤に熟れたその先端を転がされるだけで、身体の奥がどろどろに溶けていく気がする。

辛うじて声は殺しているけれど、ちゃんとできているだろうか。

（陛下、……へいか）

まだ終わらないのだろうか。そう考えた瞬間、上を向いて震えるその頂きを舐められた。

彼のその薄い唇が近づいて、その先端に、熱く滑るなにかが這った。

「や、舐め……ッ？」

じゅう、と吸われた。

敏感に尖ったそこを舐られる、その心地よさと引っ張られ響く鈍い痛み。

そう、痛いはずなのに。

「ッあぁ……！」

びくん、と大げさなくらい身体が跳ねた。甘い悲鳴に、きゅう、と快感に身体の奥が引き攣れて、下肢に埋まった杭をキツく食い締める。

なのに、痛くない。

「え？　だめ、それは……ぁ、待っ。陛下、へいか、やぁ！」

快感を拾うのに長けた身体と評した、彼のその言葉は正しかった。

この身体はきっと快楽に弱い。吸われて、先端をちろちろと舐められる。もう片方の乳房は手で、指先で。

その刺激に、ぐずぐずと熱に脳髄まで犯される。穿たれたまま、限界まで広げられた脚をわななかせてアメリアは喘いだ。

拘束なんてされてないのに、逃げられない。

「も……、や」

「泣きたいなら泣けばいい」

その一言がもう少し遅かったら、泣き出していたと思う。

その胸を舐る舌より赤い瞳が、そこから見上げてくる。構わないから好きにしろと、そういう意味なのだろうか。それとも、そこまで堪えなくていいという優しさなのか。

（どっちでもいい……）

　アメリアは緩く首を振った。

「そんな。わたしだけ泣くの、ずるい……」

「どんな理屈だ、それは」

　呆れ混じりの吐息と同時に、深く奥へ振動が響く。

　身体の奥が浮くような、ぞわっと広がる疼き。軽く揺すり上げられただけだ。それでも初めての感覚にとまどって、アメリアは傍らのクッションを握りしめた。

　痛くない。ただ熱い。

「俺が泣くまで自分も泣かないのか？」

「……ぁ、あ！」

　上から覆い被さり瞳を合わせていれば、とまどいは明らかだったろう。自分だけ、全部さらけ出してるみたいなやるせなさと恥ずかしさ。でも握り込んだと思った手ですら、気がつけばクッションの上を滑り落ちていた。

「確かにキツいが、俺は、……気持ちがいい」

「うそ……ぁ、や！」

　甲高いその声は制止の意とは言えないくらい甘ったるく耳に響く。でもそれも仕方なかった。だって、ぞくりと奥が震えた。はっきりと、快感に。

　なかを揺らされる程度の動きが、軽く突くようなそれに変わった途端だ。

「あ、だめ、やだ」

「どうした？　耐えるんだろう」

耐える余裕なんてない。その目を見ながら首を振ったけど、彼は笑うだけだ。獰猛(どうもう)な舌なめずり。もしかしたら、さっきの言葉は本当なのかもしれない。

(きもちいいの？　これが？　……でも、待って。まだ)

怖い。

また真っ白になるあの感覚が来てしまったら。

恥ずかしいところを見られたくない。みっともない自分を知られたくない。そんなこと、今更だとわかっているけどでも、それが本心だ。

「あっ、ぁ、……んッ……」

破瓜(はか)の傷に触れる感覚だってもう小さすぎて、その感覚を追っても痛痒(いたがゆ)いだけ。それより熱くて、その刺激もすぐに快感に変わりそうで。

「や、こわ……は、あ……ゃ、だ、ぁ……」

なかを滑る、擦る。

ぞ、っと得も言われぬ感覚が走る、そこを押し広げ奥を突く。その刺激に息が詰まった。だけど、これだけなら終わりまで耐えられるかもしれない。そう安堵(あんど)しかけた、その瞬間を見越したみたいに彼の指先がそこに触れた。

繋がる下肢の、濡れて震えるその尖りに。

「や、だめ。だめ、さわらな――――！」

「もう、その問答は飽きたな」

「や、陛下、ッ……ぁ、ああ、んんん！」

まるで彼の指先を待っていたみたいに、興奮に膨らんだそこはすぐその快感を思い出した。さっきよりもずっとずっと刺激が深くて、なのに今度は腰を左右に逃がすこともできなかった。繋がっているから。

だめ、だめ。そう視線で訴えても、相手は胸を甘噛みしながら笑うだけだ。滑る指先がまた、その小さな尖りをなぞり上げた。

「ふぁ、あ……」

きもちいい。

その甘さは何の苦痛も伴わず、ただ快感だけを訴え背筋を駆け上がる。そのまま先端をくすぐるように揺らされて。

「あ、あ、あっんん！」

繋がったところが、また蜜を吐き出す。ぶわ、と羞恥にさらに肌を染め上げて、だけどできることといえばそれだけだ。

逃げたくて、仰け反って、ほんの少し距離を取れても、すぐに腰が滑り落ちてしまう。そのたび、押し広げられたその隘路（あいろ）の奥。

そこが押し上げられて、小さな衝撃に震えるみたいに感じた。

「だめ、なに、ぁ、あっどうしよ……あ、あ……んんっ……ゃッ」

たすけて、と訴えたくて。でもそれは駄目だからただ首を振る。

どこに触れられても、ぜんぶ身体の奥に甘い振動のように響いていく。

首筋を舐められている。汗で濡れた肌を舐めるなんて、そのあり得ない事実が受け止められなくて、制しようとしたけど、声が言葉にならない。

「は、ここがそんなに好きか」

「へい、かぁ、ぁ、あッ……ん――！」

アメリアの身体が揺れるから、その振動で指の腹にそこが擦れるのだ。

一番弱い下肢の尖りから響く甘い痺れ。彼の指先で育ちきったそこは、触れられるたびに喜んでアメリアに快感を伝えてくる。

快感が背筋を駆け上って、理性を焼こうとする。

「良い具合に解けてきたな。ほら、腰は振れるか」

そんな言葉と同時に、指もそれを問うみたいに蠢いた。

その愛撫に応えるように腰が跳ねる。くちゅり、と音を立てながら、指先がそこをなぞり上げるたびに、なかがぞわりと蠢くのがわかった。腰を揺らす彼の動きを濡れることで助けている。身体はもう、持ち主のアメリアより、甘く愛でてくれる存在に傾いていた。

「――あ、ッひゃ……んんっ！」

呑み込みきれない喘ぎ声。

その合間に濡れた音が耳に届いて、こみ上げる羞恥にアメリアは首を振る。

「アメリア、見ろ」

なにをだろう。

耳元で何かを促すその声に、いつの間にか伏せていた目を開ける。その赤い視線が示す先がどこか、気づいた途端身体が強ばった。

腰の後ろに腕が回って、腰が引き起こされる。

繋がったところを見ろと、そう言われている。意味がわからなくて、アメリアはその目を見上げて、いやいや、と首を振った。

「ッ、や、ぁ、ああ、ん、やあ！」

繋がるそこをなぞる指先が、敏感な尖りを弾く。その痛みに似た衝撃に、アメリアの身体は下肢からとふりと愛液を溢(あふ)れさせた。

それを、見られてる。

頭がおかしくなりそうな羞恥が身体を駆けた。どうしてか、それが身体を更に煽(あお)り立(た)てる。

アメリアは半泣きになりながら、目を向けた。

そうじゃないと、もっと恥ずかしいことになるとわかったから。

愛撫に濡れる胸の頂きの、その向こう。いつも慎(つつ)ましやかに閉じていたその口が大きく開いて、肉棒を食んでいる。

「――……ッ」

アメリアの視線を受けてか、彼は腰をゆっくり半ばまで抜いていく。それが滑りに光って見えるのは、きっとアメリアの所為だ。そこに絡む赤が幾筋か。

「や、ぁ！」

「俺に処女を奪われたことが？」

「違っ、あ、ひゃん！」

嫌だったのは、犯されているその光景を見て身の裡（うち）がいやらしく疼いたことだ。

でもそんなの、彼が知る訳もない。

違うと首を振っても指先が責め立てる。興奮の極みにあったそこをぐりぐりと弄（いじ）られて、アメリアは彼を咥え込んだまま腰を何度も跳ねさせた。

もう理性じゃどうしようもない。勝手に浮いて震える腰は、もしかしたら小さく達しているのかもしれない。

（だめ、もう）

――早く終わってほしい。

弛緩（しかん）して、落ちていく脚を太い腕が受け止めた。そのまま片足を肩に担ぎ上げられて、繋がる角度が変わった途端。

「ぁ、ああ！　え、あ、や、そこっ」

「へえ、なかも感じるのか」

「知らな、や、やだ、陛下、へいか、おねが……ッ！」

そこに当てないで、と懇願したつもりだった。

なのに、その感覚が剥き出しになったみたいなところに先を当てられる。少しでも動いたら、またあの感覚が来てしまう。怖くてアメリアは身を震わせた。

その目を見上げながら、おねがい、と唇だけでやっと伝える。それはその赤い瞳に映ったはずだった。なのに、だから、彼は面白そうに瞳を輝かせた。

その唇を笑いに歪めながら。

「おねだりか？」

「ひゃ、ちがッ、ぅ、あ、あぁ、ッん、やあ……だめ、ぁあ、あ、ああっ！」

うそ、うそ、うそ。

頭の中が気持ちよさとその言葉でぐちゃぐちゃになった。

刺激の甘さを味わうように、それとも少しでも逸らそうとか、腰がいやらしく揺れていた。

そうやって逃げる腰を穿つみたいに突かれると、もっと強く感じてしまう。

目の前がちかちかしてる。

頭も、身体も、痺れたみたいになった。開いた目は興奮の涙が滲んで、上手く像が結ばない。

ただ視界は一面、きらきらとした赤に覆われていた。

（どうし、よ……）

自分が薄れていく、奇妙に現実感がないそんな状態で。

一際強く走った衝撃に、その快感に一瞬で現実に引き戻された。

「ひゃぁ、ん、あぁ、ぁ——」

甘ったるい声。

自分の声だなんてわからないくらい。

「そうだ、俺を見ろ。アメリア」

掠れて響く、甘い声。ぞくぞくと駆け上がる快感に似た何かを呑み込みながら、縛り付けるみたいにアメリアを捉えるその赤い瞳を見返す。

揺れる視界の中で、一瞬だけ、それが柔らかい光を帯びた気がした。

「出すぞ」

「え、あ」

もうとうに進んではいけないところまで来てしまったけど。

彼が告げたその宣告の意味を理解した瞬間、本能的に腰が逃げを打つ。でも無駄だった。腰なんてとうに彼に捕まっていた。

「ッふぁ！　あ、あ！」

腰骨に食い込む指の感覚すら甘い。ぞわ、と肌が粟立って、汗に濡れる手に掴み直されるたび、身体の芯が溶けていく。ひっきりなしに叩き込まれる快感に負けた身体は、最初から、逃げることなんてできなかったのかもしれない。

アメリアにできることは、ただ見上げることだけだ。与えられる快感に頭を揺さぶられながら、義務感と原始の快感に腰を振るその人が、刹那の愉悦の極を追う姿を。

「あ、あ、あ、ぁ、あ、あ、ぁ……あぁッ」

遠くに聞こえる嬌声。

奥を叩かれるたび、掻き混ぜられて、そのストロークで長くなかを削がれ擦られるたび。快感が頭の奥で小さく爆ぜる。

どうして視界を滲ませる涙を払おうとするのか、わからないけど。

その唇を軽く噛んで、一際強く奥を叩いた彼が、うっすら開いた目でアメリアを見下ろしている。その視線なのか、感じる場所を抉るように奥まで突かれた、その刺激にか。

声もでない。

びくんと震える身体の奥が、彼のもので濡れる。

「ぁ……」

その瞬間、彼の目が満足げに細められたのを、アメリアは確かに見ていた。

第二章

大きく分厚い図鑑のような本は、見た目通りずっしりと重い。

どこを開こうが図解一つない。ただ小さな文字が連なるだけのそれを膝の上に広げ、アメリアは零しかけた溜息を呑み込んだ。

天井まで続く書架を抜けた先、読書のために作られた小さなサンルームからはきらきらと光る新緑が見渡せる。

チョークが黒板に跳ねる音しか響かないこの空間で、溜息なんてとんでもない。

この授業は偏にアメリアのためのものなのだから。

「――……と、……聞いておりますかな？」

「ッ、はい！」

飛び上がらんばかりの勢いで返事をするアメリアに、講師である壮年の男性は冷たく目を細める。それだけなのに、ぎゅっと心臓が絞られた。

あまりよくない感情がぐるぐると頭を回って、膝の上に広げた分厚い書物に躍る文字も、朗々と語られるその内容も、まったく入ってこない。

彼に怒鳴られてから。

（それだってわたしが悪いんだから。だから、……）

顔を合わせた当初は――一刻ほど前のことだけど、――基礎的な部分はほぼ完璧な生徒として好印象を抱かれていたと思う。

（子供の頃は、クリスティーナが女王になると思ってたのよね）

そしてだから、彼女の役に、公国の役に立ちたくて、たくさん勉強した。彼女の傍にいるには施政に関われるほどの知識が必要だと思ったからだ。

女性の身ではそんな役職に就けないと知った時は、子供ながらに荒れまくった。

その前にクリスティーナが女王になることはありえないのだが。

（我ながら、なんて思い込みが激しいの……）

そんな訳でアメリアは年頃の娘にしては勉学を収めた方だ。だけどそれは、フレーザー公国という小さな枠の中の知識でしかない。

（帝国の歴史とか、深く知ってるのは公国と絡んでるところだけだし）

講師役を任されるくらい地位も愛国心もある彼にとっては信じられないことだろう。

帝国領に生きる人間でありながら、そこまでの知識を学べる環境にありながら。結果としてアメリアは帝国という存在をまるきり無視して生きていたと、それを赤裸々に証明するようなものなのだから。

彼が思わず声を荒げるのも当然だった。

（わかってるのよ、わたしが悪いって。……でも、どうしよう）

理屈じゃないのだ。

嫌悪感と恐怖がないまぜになったこの感覚。アメリアにとって男性とはいつもそんな存在だ。気がついたらこんな風になっていた。

（そういえば、陛下は怖くない……？）

怖いと感じたことは何度もあった。

でも、こういう不快感がない交ぜになった感情じゃない。それはもしかしたら、一つの感情に囚（とら）われ続ける余裕がないからかもしれないけど。

（だって、いつも――）

不意に頭を過ぎったのは、閨（ねや）での光景で。

それを一度思い出してしまったら、すぐには頭から追い出せない。顔を赤らめないよう気を逸らすので精一杯だ。

膝の上で躍る文字が、帝国に対する不敬は彼への不敬と同じことだと訴えてくる。アメリアに背を向けたまま、親の敵のように黒板を叩く講師もそれを言いたいんだろう。

（この宮廷の人間は皆、陛下のことが大好きだから）

でも――

彼らの〝皇帝陛下〟とは、あまり話したりしないけど。初めて肌を合わせたあの日、見つめ合った時のことを思い出したら、その足元に傅（かしず）くことはなにかが違う気がした。

(どうしてかしら。わたし、ちょっとへん)

少し前までのアメリアなら、この講師の男性と意気投合できただろう。

それはそれで間違えていない。そう思うのに、判るのに、なんとなくしっくり来ないのだ。

でもその曖昧な〝なにか〟こそを咎め立てられてるのだろう。

(……わかってるのよ)

もっときちんと線を引くべきだ。

——でも一人くらい、少し気持ちの離れた場所から見つめてたって。

権力者の寵(ちょう)を得たことで調子に乗って、身を滅ぼした寵姫(ちょうき)たちも、入り口はこんな風だったのだろうか。

(わたしは寵をとかとは、違うけど。ただのお仕事だけど!)

陽射(ひざ)しの下で思い描くには後ろめたいことを頭から追い出して紙面をじっと見つめていると、ざらつく紙の上に整然と並ぶ小さな文字が、くるくる躍って見えてくる。

(それでもあのひとは王だ。この国でたった一人の……——)

「アメリア様?」

「ひっ!」

唐突に声を掛けられ驚いて、あからさまに怯えた態度を取ってしまった。

それを見せつけられた講師の顔から、歩み寄ろうという余裕が綺麗さっぱり消えてしまう。

アメリアもまた、その顔で理解してしまった。

——たかだか娼婦（しょうふ）、愛人風情が。

そんな風に最初から見下されていた事実に。

侮蔑の視線。歪んだ笑みを浮かべる口元。理屈じゃない。とにかく怖い。

その緊張が頂点に達する寸前、落ち着いた声がそこに響いた。

「どうかしたか？」

「陛下！」

アメリアの放った一言。

そこに強く滲む喜色の響きに彼は一瞬驚いて、だけどアメリアといる講師の顔を見て一人納得する。

きっと所用のついでか、今日から始まった指導の様子を見に来たんだろう。突然の皇帝陛下のお出ましに、講師の男性も傍に控えていた女官も固まってしまっていた。

暫（しばら）く待っても態度の整わない講師の様子に、彼は呆（あき）れたようだった。

「講師は女性にと命じたはずだが」

「申し訳ございません。お聞き及びのことと思いますが、現在宮廷に出仕しようという女性の手配は難しく、現在も難航しております。その間の代行をという話で、不肖ながら私が務めさせて頂いております。もちろん女官も同席させておりますし、私自身、陛下の——」

「ああ、そういう意味じゃない」

長く続くはずだった口上は途中で遮られてしまった。

ディートハルトはたった数歩でアメリアの元に来ると、膝の上にあった歴史書を手に取り目を通す。一つ頷いて、その書物は手に持ったままアメリアを立ち上がらせた。

「陛下？」

「他に彼女の頭に叩き込む知識は？」

講師の男性が小さな丸テーブルに積み上げられた書物を示す。皇帝自らそれを後で部屋に運ぶようにと指示を出す間に、そっと近寄ってきた女官が「これもお忘れになりませんように」と分厚い貴族名鑑を差し出した。

「それくらいか。いい。しばらくは俺が面倒を見よう」

「陛下⁉」

アメリアと講師の男性の声が重なった。

彼はその響きのより悲愴な方、講師役という名誉職を失った貴族の男性に向かい言う。

「気にするな。俺の妻は、男が嫌いなんだ」


——嫌がらせなのかも。

入れ替わり立ち替わり、山のように積み上げられていく教材の数々。まさかそんな腹いせの仕方、と思っていたが、数人がかりでそれを収めるための小さな書架まで運び込まれたところで、アメリアはとうとう確信した。

（嫌がらせなのね。ここ、陛下の寝室なのに……）

どうやら〝皇帝陛下のお部屋〟というのはこの宮廷には複数あって、彼がこの部屋を使うことは今までほとんどなかった、ようだけど。

だけど最近の使用頻度は高くなっている、はずだ。

（だって毎晩……じゃなくて！　陛下がお時間割いて一緒にいてくれる、から）

アメリア自身はほぼ一日をこの三つの部屋が繋がるこの広い空間でまかなっている。食事も着替えもすべてをだ。

私的な空間が用意されない、というのは地味につらい。

どこに腰掛けるかとか、立ち上がっていいかとか。行動のすべて一々に、許可が得られるか推し量らないといけないから。

アメリアはこの部屋の主の様子をそっとうかがった。

彼がいないときは傍付きの女官に問いかける。例えば今なら、隣の部屋のソファに腰掛けていいのか、それともここに運び込まれた椅子に腰掛けるべきなのか。

（足がちょっと、痛い、かも）

アメリアがそう思った途端、彼が動き出した。

寝室の隣は窓が広く取ってあって明るい。そのテーブルの上に、いつの間にかティーセットが用意されていた。アメリアはそれに手を伸ばして、ポットの中身をカップに注ぐ。

途端、紅茶の香りがふわりと辺りに広がった。

でもこの部屋の主は立ったままだ。アメリアだけを座らせて、さっきアメリアが膝の上で広げていた歴史書に目を通していた。

視線が合わないから、ちょっとだけ楽だ。だからアメリアは思い切って言ってみた。

「陛下。わたし、そういう感じの男嫌いじゃないです」

先ほどの講師に話した件だとわかったんだろう。

顔を上げた彼は、ほんの少し鼻白むように顔を顰めて言う。

「なんだ、お前がそう言ったんだろう？」

「そうなんですけど。でも。違います、し。それに……あの方、すごく熱心で、帝国の廷臣としての矜持も高くいらっしゃって。その、だから、お役を廃するというのは」

きっと名誉職のはずなのだ。

それを取り上げる理由がアメリアの下らない性癖の所為だなんて、すごく後ろめたい。

彼は軽く首を傾げた。

「被虐趣味でもあるのか？」

「は？」

「怯えていただろう。俺の登場を喜ぶほど。ああ、だがそういう緊張感を楽しむ性癖というなら考慮しよう」

アメリアはぱちぱちと目を瞬いた。

「いじめられるのは、ちょっと」

かった?)

(待って待って。今、ちょっと……、そういうことにしておいてやろう、みたいな空気じゃな

ぱらぱらとページを送らせる音だけが室内に響いた。

彼の目がまた、手元の本に戻る。

「……そうか」

と、また彼が視線をこちらに向けてくれる。

思わず手を伸ばして目の前にあった上着の裾を掴む。

さらっと流されてしまったけれど、この誤解は放置しちゃいけない気がした。

「あの、違うんです。被虐趣味? というのはないんですけど。でもそうじゃなくて、あれはわたしが悪くて。だから。……それに陛下もお忙しいでしょう? わたしの面倒など見て頂いたらお時間がもっと――」

「俺はさほど忙しくない」

「クリスティーナもそう言いながら、結構忙しく立ち回ってました。陛下はあまり都にいらっしゃらないんですから、宮廷にいらっしゃる間くらいもっと」

そこまで口にしてから、余計なことを言いすぎたと気づいたけど遅い。

視線は合ったまま、逃げ場はなかった。

「もっと?」

「……もっと、お仕事した方がいいです。その、臣下の皆さんと交流を図る意味でも」

赤い瞳がじっと見つめてくる。

そんなに変な事は言ってない。そう自信を持って胸を張れるけど、でもそういう問題じゃないと判(わか)っているからアメリアは目を逸らしたくなった。

それに、だって、思い出してしまう。彼に見られていると思うだけで、そわそわと気持ちが落ち着かない。それは肌を伝って全身に広がって、なぜか目が潤んできてしまう。

そうすると余計に目が逸らせなかった。

よくわからない緊張にアメリアが耐えられなくなる前に、彼の方が吐息をこぼす。

「それをこの部屋の外では言うなよ。命を狙われる」

「はい？」

「ここはこのままでいいのさ。宰相が上手く取りはからう。俺は内政的には、常時不在のお飾りで問題ない」

アメリアはゆっくり瞬(まばた)きながら、その瞳を見つめ返した。

彼の言っていることはつまり、こういうことだ。

――俺はここにはいなくていい。

「それ、は……」

「それが妻の進言で口を出すようになってみろ。余計なことをと恨まれるぞ。これ以上、不自由な身にはなりたくないだろう？」

なんてことない、というような言葉と声。

アメリアの頬に伸ばされた彼の指先が、そこから唇に下りていく。そのまま、震えるそこを軽く押さえつける。

（余計なことは言うなって、こと？）

確かに、これまでどおりにいかないというだけで、目障りだと思われるだろう。

「でも、陛下は。だって、陛下なのに、そんなの……」

絶対におかしい。

この部屋の外に彼の居場所がないなんて変だ。上手く言葉にできないけれど、どうしてかそれは真っ直ぐ彼に伝わったようだった。

だから彼は苦笑を浮かべて、そして話を終わらせる。

「陛下、――」

「そんなに俺をこの部屋から追い出したいのか？」

「そんな、ことは。ないです」

ここは彼の部屋だ。そういう話になるなら、むしろアメリアの方がここから追い出されたい。

諦めが悪いと言われようと、やっぱり今も気持ちは変わらなかった。

わたしはいつまでここにいるんだろう、と、毎朝目が覚めるたびに思うのだ。

「陛下、クリスティーナはまだ」

――帝都に戻っていないのか。

その問いかけはなんでもない疑問のはずなのに、向けられた赤い視線が鋭くて、アメリアの口は最後まで言えないまま閉じられた。

それを見て、彼の目が細められる。意を汲んだアメリアを褒めるように。

別に褒められることじゃないのだ。彼が問うなというなら、遠慮するべきなのだから。クリスティーナのことは、後で女官にでも訊けばいい。

そんな風に、後付けの言い訳を並べ立てる。

本当は、問えなかっただけだ。だってその顔はどこか、闇の中で見るものと近い。

（へんに触れたら、食べられそう）

まだ陽も落ちていない。抱かれることが苦痛じゃなくなった今は、組み敷かれるたびに自分が変わっていくみたいで怖い。

この部屋にはいつも、気がつけばアメリアとディートハルト、二人の姿しかない。それは閨事を望まれているということなのだろう。それでも。

（いつまでも仮初めの妻なんて置いておけないはずだから、きっと、もうちょっとで……）

彼の手が、アメリアの頬から離れていく。

それにほっとする。でも少し寂しいような心地もした。

ディートハルトは気を取り直したようにアメリアの隣に腰掛けると、手に抱えていた書物を開いて見せてくる。

「講師役を引き受けたのはいいが、俺は他人の勉学の面倒を見たことがない」

「はい……」

「なのでひとまず、ここまですべて暗記しろ」

彼が示したのは三十ページほどの範囲だった。

どれだけ無茶を言われるかと思ってびくびくしてたから安心したのに、続く言葉にアメリアは言葉を失った。

「確認はベッドの上で行うから、そのつもりで」


（余計なことたくさん、言っちゃったけど……）

いつもそうだ。一言二言多くなる癖はきっと今すぐ早急に治すべきだ。

――だけどそれは、ここまで不興を買うことだろうか。

アメリアは背後からの囁き声に肩を竦ませながら、早く解放されたくて必死に考える。

醒めた声で歴史を問われ、「簡単だろう？」と答えを促されているのに、息を荒げてる自分が恥ずかしかった。

いやらしく身体に触れられているのだから、当然なのに。

（も、一人でちゃんと、勉強するから――……ッ）

ごめんなさい、と口にするのは駄目だ。

どんな理屈かわからないけどペナルティだと責められて、謝る度に解かれていったドレスは今はもうほとんど身体に絡むだけになってしまった。

身動(みじろ)げば肌を滑り落ちる柔らかい布の感触に、淡い快感が立ち上る。

「待っ……ッ、ん！」

「どうした？」

軽く笑いを含む声を聞きながら、アメリアは軽く唇を噛んだ。

わかっているくせに、わざと意地悪に問いかけてくる。その間も、彼の指はその薄い布一枚向こうから胸の頂きを弄っていた。

形をなぞるように這う指。それだけでもう、息が上がって仕方ない。なのに。

「ひゃっ、……ぁ——」

先端を爪で掻かれた。

すっかり立ち上がり固くなった頂きからの刺激が身体の奥、下肢のそこを甘ったるく疼かせる。すんでに嬌声を噛み殺して身体を丸める。でも駄目だ、逃げられない。

耳の後ろに笑いが触れる。

尖って敏感なそこを指先で苛(いじ)められてるのに、その吐息混じりの笑いも柔らかい触れ方も、そんなことないだろうと言うみたいだった。

声を上げまいとすれば息ができなくて、与えられる刺激に頭がぼうと茹(う)だるようだ。

椅子に座るような格好で彼の膝の上にいるから、全部知られてしまう。感じて、震えて、びくつく身体。それが恥ずかしくてたまらない。

「へい、ッ、ぁ、……ん——」

捏ねるように摘まれた。

じんと痺れるような余韻。シルクの布地で滑った指先は、こんどは慎重に摘まみ上げてくる。身動げばまた、さっきの甘さが襲ってくるだろう。

どうしたらいいかわからない。

無意識にシーツの上を踵が滑る。後ずさって逃げようとする、これも癖だ。でも今日は逆効果だった。背もたれになった彼の身体に、身体を密着させるだけ。

「いいのか、脱がすぞ？」

「やっ」

今、肌を隠してくれている薄手のドレスの下は、こちらも透けるほど薄いシュミーズ一枚だけだ。そんな姿になったらもう、悪戯程度では済まないだろう。

「だめ。ぁ、だ……って勉強、しなきゃ」

「――真面目だな」

（……ッ、設問、は、……なんだっけ）

これまで囁かれた問いが頭に浮かぶけど、どれが回答済みで、どれに答えていないのか。思考を掻き回す熱に邪魔されて思い出せない。

「わからないのか。あるいは、答えられないか？」

「待っ――……ッ」

笑いを含んだ吐息が耳の後ろに触れて、そのまま耳朶を噛まれた。

ぞくん、と走る重い快感。痛みと半ばのそれも気持ちが良くて、恥ずかしくて熱が上がる。

胸をまさぐられ、首筋に食いつかれる。

堕ちろと囁くみたいに広がっていく熱に頭を振るけど、笑いを零す唇は逃がしてくれない。

やっと思い出したと思った問題にも逃げられてしまって、息を詰めるしかできなかった。

いいのか、と囁かれる。

触れられなくていいのか。という意味か、それとも気持ち良いのかと問われているのか。

「そういえば、ペナルティを決めていなかったが」

（ペ、ナルティ？　また？）

このひとはなにをしたいのだろう。

適当な理由でアメリアを嬲りたいのだろうか。それともこれも、欲求を晴らす上での遊びなのか。男女の仲はこういうものなのか。

わからない。

ただもどかしい刺激に目が熱くなった。指が触れる小さな振動がお腹の奥に響いていく。

「や、は、ッ――へい、へいか。もう、一回。もんだい、を」

ください、とまでは言えない。

「ああ、聞き取れなかった、と」

その声に、かろうじて頷いた。ほっとしながら。

その間も指がくるりと尖りきったその先端を転がしている。じん、と疼く甘い痺れに、つい息を詰めてそこに意識を向けたのは、もっとそれが欲しかったから。

——もっと、きもちよくなりたい。

「ひゃ、あああん！」

乳首を摘まみ上げられた。

そのまま揺らされると、痛みのような鋭すぎる快感に下肢がぐじゅぐじゅになる。

ぎゅう、と太腿に力を込めて震えるそこを押さえ込みながら、腰を揺らしてしまった。

刺激が欲しい。

「——……だ。簡単な問いだろう？」

「ふぁ？」

アメリアは思わず、自分から振り返ってしまった。

肩越しに見つめる先、ディートハルトの赤い瞳は冷めているように見える。でも。

（そんなの嘘）

だってこれは、自分は、どう考えたって彼に遊ばれている。

だけどそれがわかっても、腰を抱きかかえるその手がドレスとシュミーズを落としていくのを、黙って見てるしかなかった。

「……や、ちゃんと、しなきゃ」

「これくらい印象深い方が頭に残る」

「そんな、の」

「俺の言葉を疑うのか？」

「違、ぁ、や。ぁ……」

その言い方はずるい。

でも抗議しようとしても、指の腹でゆっくりなぞり上げられただけで、腰が震える。

収まり所のない、身の裡で甘く熱が燻（くすぶ）るような。

——もっと。きもちよくなりたい。

紗が掛かったような意識の向こうで、彼の声が囁きかけてくる。甘い声なのに内容はとても無機質だ。たぶん二回、彼は一応は丁寧に繰り返してくれた。

（せん、にひゃく？）

「アメリア。お前、聞いていないだろう」

「や。だっ……て」

年号のその下二桁がどうしても聞き取れない、その年の春の出来事。春、と印象に残った言葉がアメリアの記憶の引き出しを開けるけど、イメージはばらばらだ。

「なんだ、また引っ張るのか。ならこれならどうだ？」

「ぁ、あ、だめ……そこは」

胸から離れた手が、固く閉じるアメリアの脚に触れた。

内腿（うちもも）の間にねじ込まれる指先に、手のひらに、抗（あらが）えない。優しく促されるまま、それどころかたぶん自分から、脚を開いた。

気持ち良くなるためだけにある、敏感な下肢の尖りが期待に震える。

だけど内股を滑る手のその指先は、決定的な部分には触れてくれなかった。焦らされればそれだけ、それしか考えられなくなるのに。

(やだ、も……)

後ろから脚を抱えられた。その手は臀部(でんぶ)を撫でながら、指先だけそこに近づいていく。

「いいのか？　触れるぞ」

「ッ、……ぁ」

だめ、とも、いい、とも言えない。

けれど態度でわかってしまっただろう。両手で口を塞ぐ、声を出さないように身構える。それは結局、刺激を待ち構えているということだから。

少しずつ迫ってくる指先に、自然と膝を立てたままの足をもっと開いてしまう。

かすかに伝わる振動は彼の笑いによるもので、それがすごく恥ずかしかった。きっと止めてと一言伝えたら止めてくれるのだろう。

今すぐ、彼の気まぐれでそうなったっておかしくない。だから。

(はやく、はや——……ッ)

愛液を含んで濡れた下着の上を指が滑った。

じん、と身体のなかをさざ波が走るような充足感と、それを上書きするような飢餓感に、つま先まで震えてしまう。

目は潤んで、細かに息を途切れさせて。

「――ん、ッ……ぁ、もっと」

「なんだ。まだ確認は終わってないぞ？　答えないのか、答えられないのか」

ぐ、と指が埋まっていく。

濡れた布越しに敏感な入り口を押し広げられて、下肢から完全に力が抜けた。でも蠢く指先はそれ以上は入ってこない。

「ぁ……んっ……あ……」

指の先で布越しにかりかりと刺激される。中途半端な刺激に泣きそうになる。

もどかしさに追い詰められて、脚をばたつかせたいのに力が入らない。ただだらしなく脚を広げて、もっと奥に欲しいと腰が浮く。

「ああ、この先は褒美になりそうだな。ん？」

埋まりきらない指を蠢かせながら、別の指先が割れ目に沿ってそこをなぞり上げた。

「ぁ、……あ。あ」

「アメリア、簡単な質問だ。俺の名は？」

答えたらもっと気持ち良くなれる。

熱で犯された頭にはそれしかなかった。

「ディー、ト、ハルト？」

「正解だ」

「ぁ、あああ――ッ！」

下着が臀部を滑る刺激にすら感じた。

太腿に蟠る布の所為で開けなくなった脚の間、ぬぷりと指が埋まっていく感覚に興奮を覚える。そのまま乱暴に掻き回してほしかった。

だけど滑りを帯びた指はすぐに抜け出てしまう。代わりにその指先が触れたのは、じんじんと疼く興奮に膨らんだ尖りだった。

「や、そこ、んんん！」

「いや？　そんなことはないだろう？」

触れるか触れないかのところで指を揺らされると、全身の神経が一斉にそこに向いた。

「あ、ぁあ――……」

こんなに膨らんでいると示すみたいに、ぬるぬるとした指先が隆起を辿る。表面をそっと滑る、ただそれだけの刺激が甘くて腰が蕩けた。

くたりと全身から力が抜けて、彼の胸に完全にしなだれかかる。

でも、開いた脚は彼の腕に絡まっていて、弄られるそこは指先の愛撫から逃げられない。アメリアはひんひんと泣きながら、ただ気持ちよさに腰を揺らめかせた。

「濡れやすいな」

「ふぁ……、ッ、ああ！」

陰核を嬲るその指とは別の手が、愛液を零すその隘路に無造作に潜り込んでいく。

差し込まれた二本の指が浅瀬を乱暴に掻き回した。ぴんと起った尖りを刺激する、円を描くようなその動きはそのままに。

「あ、だめっ、あ、ああッ……！」

二つの刺激が重なって。

（も、いっちゃう！）

小刻みに腰は跳ねるのに、与えられる刺激はやまない。

どちらも気持ち良すぎて、身体のなかが引き攣れるようにざわめいた。もうすぐそこに絶頂があった、なのにそれに触れる寸前、すべて取り上げられてしまう。

滴るほど濡れた指先が、アメリアの目の前にあった。

「ぁ、ぁ……うそ」

「ここも、濡らした方が感じるんだろう？」

そんな囁きと共に、彼はアメリアの胸の飾りを指で弾いた。くるくると指先で胸の先端をこね回し、てらりとした滑りを移す。

「や、ちが。そこじゃ……ッ」

「なら、どうしてほしい？」

上から逆さまに顔を覗き込まれたけど、言えない。

唐突に、今更すぎる羞恥に身体が熱くなる。

身体はすっかり夜毎繰り返されるこの淫らな行為に慣れてしまった。でもそれは仕事だからだ。アメリアはそれをただ受け入れただけ。

（それだけだった、はずなのに）

今、目が合ったらきっと、死にたくなるくらい恥ずかしいことを口走ってしまう。それがわかるから、彼の顔を見られない。ただ目を瞑って首を振る。

もういっそ酷いことが起きてくれたらいいと思った。だって酷くても、きっとそれは、気持ちが良いことだから。

アメリアのそんなずるい気持ちがそのまま現実になったように、抱えられていた身体が乱暴に押し倒された。

寝台の上だ。痛みはない。

とっさに腕をついて後ろを振り返った。逃げるつもりはないのに、足首を掴まれて動けない。その体勢のまま下着をドレスの残骸ごと剝ぎ取られた。

「え？」

腰を上げた、四つん這いのまま、一糸纏わぬ姿になっても体勢を変えさせて貰えない。ひどく恥ずかしい格好をさせられている。

彼と目は合わなかった。

その赤い瞳は向けられた視線を無視して、熱に熟れたそこを這っていた。

ぞわ、とかすかな快感が背筋を駆ける。

「や……ッ」

見られることと、見られて興奮したこと、どちらが嫌だったんだろう。

わからないまま起き上がろうとしたけど、それより彼の方が早かった。ひくひく震える陰部をなぞり上げられ、快感に気が逸れた身体へそのまま指を突き立てる。

「――……ッあ、あ」

指が届く最奥。

指の付け根が濡れるそこに当たって、くちゅりといやらしい音を立てる。

背を逸らして、息を呑んだ。とっさに次の刺激に耐えようとして、そして、でもその指が少しも動かないことに気づく。

感じる部位に指の腹が押し当てられたまま。

（や。や、これ……）

少しでも動いたら、自分から腰を振って喘ぎ声を止められなくなる。なかも、外も、もっと強い刺激が欲しいなら、深い快感に溺れたいなら簡単だった。ほんの少し、ほんの数ミリ、触れる指にそこを押しつけるだけでいい。

でも、駄目だ。

「へい、か。あ、あ。ごめん、なさ……」

「なにを謝る？」

――本当に、なににだろう。

するりと、前に回った手の先が、またその尖りを弄りだした。

かくん、と。自分でも驚くくらい、途端に腕から力が抜け落ちる。膝は辛うじて立てていられた。でも思った通り、一度味わった蜜みたいな快感に抗えない。

腰を揺らして、余韻が消え失せる前にまた。

そうやって何度も。

「……ぁ……ふ……」

このまま続けたら、きっと頭がおかしくなる。

おかしくなった頭で、もっと欲しいと、滅茶苦茶にしてとねだってしまうかもしれない。そうしたら――

その焦燥感に、シーツを噛む口を開いた。

「陛、ッ……いか、っん、は、……おねが」

「一二九四年の、春だ」

この所為だ。

いつもなら、こんなに身体がぐずぐずになる頃には、理性なんてほどけてしまっている。

(それで、もっとちゃんと、もっと……)

「ぁ、……んっ、れ、まだ、憶えてな――」

「ん？　ああ、範囲外か」

がくがくと首を縦に振れば、ぬかるむそこから指が引き抜かれていった。

崩れ落ちるように身体が倒れた。息を整えようとするけど、啜り泣くみたいに喉が震える。

だって、もう我慢できない。

いきたくて、自分でしろと言われたら手を伸ばしてしまうかもしれなかった。

「ッ、あ……」

散々弄られて腫れぼったくなったそこに押しつけられた熱。

それを与えられたら、どれだけ気持ち良くなれるか、アメリアはもう知っている。

早く。早く、いれてほしい。

「その熱、発散しなければ動けないだろう？　勤勉なお前に、褒美だ」

「……――ッ！」

声にならなかった。

それともはしたなく声を上げていただろうか。

ゆっくり襞を掻き分け奥へと掘り進めるそれ。もっと乱暴でいいのに。早く奥を抉って、たくさん突いてほしい。

言葉にできないくらい頭の中がぐちゃぐちゃだ。

なのに具合を確かめるみたいに軽く引き抜かれて、こんなに追い詰めて、まだ焦らすのかと思ったら。

「や、も、いいから。突いて、おねがい……へいかぁ」

半泣きになった叫びに被さるように、ずるりと奥まで押し開かれた。

やっとの衝撃に息を付いたのも束の間、またそこで刺激が途切れた。頭がおかしくなりそうだった。

「うごいて、あ、ぁッ、くだ、さ……」

「まだ馴染んでない」

なかに埋め込まれた熱はそのまま。

いくらアメリアのなかがそれに取り縋っても、彼は笑うだけだ。寝台の間で潰れた胸に手を差し入れまさぐりながら、うなじを唇でくすぐっている。

「俺の名は知っているんだろう？　もっと可愛くおねだりしてみせろ」

耳元で囁かれたその言葉が、頭の中で形を取るまでしばらくかかった。

「かわ、いく？」

そんなの無理だ。難しすぎて、唐突に悲しくなってくる。でも身体は猥りがましく彼に縋り付くからきっとわかってもらえない。

すんと鼻を鳴らして、アメリアは口を開く。

「ディート、ハルト、さま」

ふ、とうなじに吐息が触れて、すぐ。

なかを擦りながら、彼の熱棒が引き抜かれていく。ゆっくり、アメリアの心をもどかしさで揺らす速度で。

「いいこだ、が。『様』はいらない」

カリが抜けるぎりぎりのところで、また焦らすように腰を揺らめかせた。

「……や。もうやだ。ディートハルト！」

その瞬間。

一気に突き上げられて、そのまま腰を掴まれ更に奥までねじ込まれた。

その衝撃に息が止まる。全身から汗が噴き出るくらいの快感を覚えて、アメリアは突っ伏したシーツの上に額を擦りつける。

「あ、あ、やぁ、ぁ――……ん、や、あぁ……」

そのまま揺さぶられて、小さな快感の火花が頭の中で弾けた。ぐ、と奥を押し上げられて、小さな絶頂に身体が震える。

「や、ディートハルト、さ――……ッ！」

腰が抜けるほどの愉悦。

なにをされたのか一瞬わからなくて息を止める。アメリアの心より身体の方が先に我に返って、その甘さをねだるように腰が揺れた。

（また、して。もっと！）

もう不敬でもなんでもいい。

それを理由に咎められて、仕置きされるのも罰を受けるのも。このまま続けてくれるなら。

「ディート……おねが……も、ああ……ッ！」

そこに切っ先が当たると腰が砕けるのに当てたまま揺らされて、身体がいやらしく跳ねるのがわかった。そのまま何度も身の裡（うち）の彼を締め付けて、しゃぶって。

「どうしてほしいか言え。そう言ったろう」

「あ、あ、……ん――ッ」

軽く奥を突かれ、またずるずると引き抜かれていく。

もどかしい、と思えるくらいそれは長くて、また焦らされるんじゃないかと怖くて、でも気持ち良くて。

でももし、まだ駄目だと言われたら。

その想像でアメリアは本気で泣きそうになった。いやらしく腰を揺らしながら背後、遠い位置にあるディートハルトの顔を振り仰ぐ。

「……トハルトさま、やめ……――ッッ！」

――やめないで、と言いたかった。

その言葉も意思も一瞬で塗りつぶされて、何も考えられなくなった。乱暴に奥を突かれて、繋がっているところがぐちりと音を立てる。

「こんなに身体は物覚えがいいが。頭の方は、頑なだな」

「あ、あ、や、おねが、ッあ、ちが――」

もう自分が何を言っているのかもわからない。

こんな風にしてほしかったのに、このまま最後までしてほしいのに首を振って、震える唇は勝手に何か伝えようとしてる。

だからか、またそれが抜けていった。

「あ、だめっ、抜いちゃ、あぁ……」

「ずっと咥え込んでいたいのか？　本当に好きだな」

一息に絶頂に押し上げられていたのだと、律動が始まってから気づいた。

「ふぁ、んん――ッ！　ッ、ん……あッ」

遅れてやってきた理解にとっさに腰が逃げようとしたけど、それを咎めるみたいに肌を打ち鳴らされる。

「だめ、あ、あ、……も、ひッ！　ぁ、あぁぁ、……や、ぁ、あ、んんッ！」

声を殺したかった。

だけど身体に叩き込まれる衝撃の甘さに、唇は緩んでただ声をこぼす。

感じすぎて怖い。

更なる性感を塗り込めるみたいに、彼の熱がなかをこすりこじ開けて、その先端が感じる部分をぐりぐりと押し潰す。もう、何をされても気持ち良いのに、そんな風にされたらぎりぎりまで張り詰めているものが壊れてしまいそうだ。

だから逃げたいのに、腰を掴む手が離れない。

むしろ逃げようとするから、さらに強い力で引き戻されるのかもしれなかった。

深く奥を抉りながら。

「あぁッ！　あっ、ひ、あ、ッ！」

「ほら、もっと欲しいんだろう？」

背中に落とされたその言葉に、慌てて首を振ろうとしたけど遅い。

その切っ先を半ば引き抜いた彼は、感じる部分にカリを当てたままアメリアの身体を返すようにその脚を担ぎ上げた。頭がまっしろになる。その衝撃に仰け反り痙攣（けいれん）する身体に構わず、また奥まで身体を沈めて。

そのまま揺さぶられた。

「妻のお前が呼ばないで、他の誰が呼ぶというんだ？」

途切れ途切れに聞こえたそれが、現実なのか妄想なのか、わからない。

＋　＋　＋

アメリアはソファに腰掛けたまま、行儀悪く足を蹴り上げた。ふわりとドレスの裾が追ってきて、また絡まる。

もちろんそれを咎める人間は誰もいない。

美しく飾られたティーセット。薫り高く瑞々（みずみず）しい薔薇の花と、それに負けない紅茶の香り。スコーンはアーモンドが練り込まれたもので、カラフルなジャムが何種類も添えられている。

すべて、アメリアのためを考えて用意されたものだ。

いつか好きだと誰かに零（こぼ）したものを、誰かが憶えていて、取りそろえてくれた。それをアメリアは素直に、世話をしてくれる人たちの好意だと受け止めていた。

（考えることって、あんまり得意じゃないんだけど）

——難しいことを考えるのは、これまでずっと自分の仕事じゃなかったから。

「なにしてるの。クリスティーナ」

きっともうすぐ。今日こそは。

そんな風に期待するのも疲れてしまった。日々がめまぐるしく過ぎていくから、こんな風にふと我に返った時に怖くなる。

だってこんなに長い間、彼女と離れて過ごすなんて。

（子供の頃はともかく、最近は。特に、帝都に来てからずっと一緒だったから……）

数日前に、アメリアは少し体調を崩した。

大騒ぎだった。

妊娠すると母親の身体は一人のものじゃない、とは良く聞くけれど、アメリアの場合は完全に最初から〝アメリア自身のもの〟ではなかったのだ。

『いまさら？』と頭の中でクリスティーナが呆れた声を上げている。

耳に蘇ったその声が懐かしくて、アメリアはちょっと笑ってしまった。彼女の言う通り、そんなことは宮廷に入ったときから自覚しておくべきだった。

すぐに月の物がきてくれたから、ただの体調不良で終わったけれど、そうじゃなかったらと考えたら、怖い。

「お世継ぎを産む、大切な身体……って——わたしが駄目なら、決まり事を少し緩めて別の女性を連れてくるだけなのに」

　本質的には、誰が産もうと構わない。

　それでも今はアメリアが籠の鳥だ。

（ものすごーく広くて豪華な籠の中に飼われてる、とーっても平凡な鳥）

　アメリアは小さく息を付いて、なんとなく窓辺に立つとその窓を大きく開いた。ふわりと吹き込んでくる風は少し冷たい。きっと高い場所に吹く風だからだろう。

　視界一面に広がる人びとの暮らし。

　小さく見える街並みをなんとなく眺めて、アメリアはもう一度、今度は大きな溜息をつく。誰も聞いていないと思うと際限なく零れてしまう。

「クリスティーナ、どうしよう。わたしってすごく単純だったみたい」

　まるで特別な身体みたいに扱われること。

　万が一にも逃げ出さないように隔離されている。それも別に、いい。

「ディートハルト、様、か――」

　ああまた、〝様〟を付けてしまった。

　だけどそもそも呼び捨てになんてできる訳がないのだし、それにどんな風に呼んだって何も変わりはしない。それとも意味があるのだろうか。

（わたしに、なにか、できることが……？）

　ふわり、そんな思惟が浮かんでもすぐに塗りつぶされる。

（わからない。知らない。だって、いつも、いやらしいことしかしてないもの）

一度頭を振って気持ちを切り替えると、紅茶のカップを窓辺に置いて、ほんの少し身を乗り出した。地面は遥か彼方だ。

アメリアは鳥じゃないから、ここから飛んで逃げられない。

「……わたし、ここにいる意味ってそんなに、ないみたい」

彼とは、もう何日も会っていない。

妊娠の疑いがあるとなった途端に引き離されてからずっと。姿を見ることも、声も聞いていなかった。孕んだのなら、身分の低い間に合わせの妻なんて、彼にはもう必要ないから。

それでももし皇帝陛下がその気になれば、医師に留め置かれる仮妻の元を訪れることくらいできないはずがない。

つまりだから、そういうことだ。

「赤ちゃん、か……」

精神的な疲れが溜まっていると診察された。

そのときに親切心からだろう、医者は言ってくれた。半年経っても妊娠の兆候がなかったなら、御役御免になるからと。

もしかしたらだけど、産んだ子供を渡してしまったら、アメリア自身は出て行くことも許されるのかもしれない。

「許されるっていうか、追い出されそう」

それは。それも、でも、いいのだ。だけど。

――ディートハルトは、どうだろう。

アメリアは書斎から持ってきていた分厚い本に目を向けた。

ソファの上に転がしたあの王統譜を見る限り、やはり彼の近親者で存命なのは、外に嫁いだ叔母とその子供たち。

クリスティーナを含むフレーザー公国の公子たちだけだ。

少なくない人数だった親族は皆、ここ十数年の間に戦争や事故でぽつりぽつりと欠けていった。皇帝である彼の居場所が宮廷にない――これは彼が作ろうとしないのも悪いと思う――のも、帝都に残る主だった王族が居ないからというのが大きいだろう。

（だから――）

もし子供ができたなら、それは帝国の後継者であると同時に、彼の血を引く、彼の家族だ。

だけど、なのに。なんとなくだけど。

このまま彼はいつか出来るかもしれない跡継ぎにも関心を持たず、もしかしたら妻に対しても無関心なまま――

（ずっとひとりぼっちでいる、気がする）

そしてそれをきっと、寂しいとも思わないのだ。

アメリアは窓枠に飛び乗るように腰掛けた。

室内に薫き込められ微かに薫る香はきっと最上級品なんだろう。だけど自然の風が運ぶ空気の方が気持ちがすっきりする。

「わたしのことは、やっぱりどうでもいいのよ」

一つのことしか望まれてない。

それがちくりと胸を刺す。彼にとってアメリアが象徴する一連のこの〝面倒な仕事〟がそのくらいの価値しかないことなど、最初から判っていたはずなのに。

「どうでもいいとはどういうことだ？」

「きゃ、ッ！」

窓辺に置いていたカップが窓の外に落ちていく。

アメリアはそれを見て、とっさに手を伸ばしてしまった。

薔薇色の、可憐なティーカップは明らかにアメリアのために誰かが用意したものだった。だから。

自分が、その窓枠に腰掛けていたことを忘れて。


窓の外を眺めていた時に思い描いた通りの放物線を描いて落ちていくんだと思った。その腰を、太い腕が絡みつくようにして引き戻す。

アメリアが驚きに目を瞬く間に、強引に抱き込まれた身体は窓枠から二歩も離れた場所まで引きはがされてしまった。

「普通、窓枠には腰掛けない。体調が悪いときは特に」

「す、すみません」

頭の上から落ちてくる溜息が重すぎて身が竦む。

「怪我（けが）は？」

「え？　あ、あの……——あ！　すみません！」

窓枠の外、床の上に粉々になっているのはカップのソーサーだろう。紫の蔓（つる）の意匠が美しかったのに、もう見る影もない。

慌てて伸ばした手は、でも破片に届かなかった。途中で掴まれたから。

「そうじゃない。怪我はしたのかと聞いた」

「陛下、その、……え？」

「破片に触れたか？」

「いえ、大丈夫、です……？」

どうしてだろう。

アメリアは伸ばした手の指先に触れる彼の唇をただ見上げていた。

お腹に回った腕も離される気配がない。抱え上げられたまま地面に着かない足を無意識にばたつかせる。

（あ。ちょっとだけ、懐かしい……）

床に下ろされてほっとすると同時に身体を捻（ひね）り、後ろを振り返って息を呑む。

視線が強い。いつもよりずっと。怖いくらい。

でも目は逸らせない。逸らしたらいけない気がして。

「あの、陛下。床を、片付けないと」

「女官を呼ぶか」

「あ、大丈夫です。自分で——」

「自分で?」

「はい、なんとか。します。皆さまのお手を煩わせるなんて……」

口から出ていく言葉すべてがどこか言い訳じみて響いて聞こえる。それが恥ずかしかった。

(なに、これ……)

怖いと思うのも、久しぶりに〝皇帝陛下〟を前にする緊張も、まだ指先を痺れさせるほどなのに。

さっき密着した身体だとか、久しぶりに吸い込んだ彼の香りだとか。

心が乱れることが次々浮かんで落ち着かない。しばらく会わなかった間に、すっかり免疫がなくなってしまったみたいだ。目を合わせているのが、ひたすら恥ずかしい。

ディートハルトはアメリアをソファの上に下ろすと、そのまま瞳を覗き込んでくる。

「あの、陛下は。なにか御用でも——」

「物覚えはいいが、その分忘れやすいのか」

「陛下?」

「ディートハルト、だろう？」

アメリアは、覆い被さってくるディートハルトの顔を見上げた。

彼がしたいときに応えるのがアメリアの役目で、仕事だ。それ以外はすべて余計なことだった。そうわかっているけど。

「陛下。あの、わたし」

「まだ俺の名前がわからないことにするのか」

「あ。……ディートハルト、様。その、お話があって、――」

本題を切り出しあぐねて、言葉に迷って、だから視線を彷徨わせた。

それをディートハルトは違う意味に捉えたようで、呆れたように息を付く。だけど同時に伸びてきた手が頬に添えられる。目を合わせろと迫られて、そっと彼に目を向けた。

アメリアに向けるその視線の強さは変わっていない。

「呼びたくないというなら、無理しなくていい。休みたいときもそうだ、普通に言え。仮病など使わなくていい」

真面目な話だと身構えていたから、意表を突くその話題に一瞬止まってしまう。

びっくりして目を見開いた。でも、彼のまなざしは変わらない。

「……と、仮病？」

「侍医の目も誤魔化せたのか？　それともあれも協力したのか」

「いえ、誰も……具合が悪かったのは、本当です。でも、皆さま大げさだったので、そんな風に見えても仕方ないかもしれない、です、けど。えっと？」

　緩く編んだだけの髪は、さっきのごたごたですっかり解けかけていた。

　その手前に流れた髪の一房を梳くように、彼の手が触れてくる。

「病気だったのか」

「病気というか、少し疲れていたそうです」

「血色はいいな」

「はい。たぶん、もう。大丈夫だと」

　頬を隠す髪を後ろに撫で付け、アメリアのその顔に嘘がないか確かめると、彼は唐突にその手を離して、その身体をソファの背もたれに沈めた。

「――皆に、近づくなと言われた」

　溜息にもただの吐息にも聞こえる少し掠れた声。赤い髪の合間から半ば瞼を伏せた状態で、その赤い瞳はアメリアを見ていた。

「近づいては駄目なんですか？　なにに？」

「お前に」

「……わたし？」

「俺が行くと、お前が休めないそうだ」

　なるほど、とアメリアは音は立てずに手を合わせる。病人に対する配慮ということだ。

「お見舞いにいらしてくださろうとしたんですね。ありがとうございます、嬉しいです。けど、ええと陛下」

「陛下はよせ」

「ディートハルト様。その、一応妻という名目ですし、行くなという忠言が気に入らなかったなら、ちょっと、我を通されても良かったのでは？」

そう言えば、重たげだったその瞼が持ち上がる。

そんな風にして彼はほんの少し目を瞠（みは）って、それから苦笑を噛み殺そうとした。

「少しくらい、我が儘を仰（おっしゃ）っても大丈夫ですよ。きっと」

（これって、唆（そそのか）してるみたい）

けれど、このひとはこの国の主のはずなのに、遠慮が過ぎる気がするのだ。見舞いに行く行かないは私的な行動のはずだ。政治やなんかとは違う。

大丈夫、問題ない。そう内心言い聞かせるアメリアの頬に、また伸びてきた彼の手が触れた。

「案じなくていい。言われて、もっともだと思ったから控えた」

「あの、でも――」

「病気だからと言われ見舞いにも行けず、まだ本調子ではないだろうと思っていたのに、来てみれば窓枠に座ってふらふらと落ちようとしているから、なんなんだと思っているだけだ」

それには返す言葉がない。

視線を逸らせばやり過ごせるというものでもなかったけど、顔が上げられないんだから仕方なかった。伏せた頭を撫でられて、びくりと肩が跳ねる。

ひどく驚いたその勢いのまま彼の手を振り払うように顔を上げてしまう。

「まさか！　嫌いじゃないです！」

むしろ好きだ。だから今、すごく困っている。

目を合わせて、その瞳にまっすぐ視線を返して、その差し障りのない好意の方を伝えようとした。だけど。

（あ。どうしよう……）

息を呑んでしまった。

一瞬の躊躇が、一秒になり十秒になって、そうしているうちにどんどん恥ずかしくなっていく。じっと見つめてくる、その目をただ見返しているだけなのに。

たぶん彼はアメリアの言葉を待ってくれていた。

そうわかってても言葉がでてこない。

（でも、なにか言わなきゃ……！）

「へい――」

このまま頬を染めて、それをなぜと問われたら、もっと困ってしまうだろうから。

「陛下？」

「俺のことが嫌いか？」

たぶん、きっと、なんの脈絡もなかった。

唐突すぎてなにを問われたかわからないくらい。アメリアはその場でぱちぱちと瞬くと、

「俺に聞きたいことがあったんだろう」

「え？」

彼はおもむろに身体を起こすと、アメリアの腕を掴んで引いた。

絡んでた視線が、その距離がもっと近くなる。

（あ、そうか。今朝の……？）

世話をしてくれている女官たちに、アメリアは彼の婚約者の話を聞きだそうとしたのだ。もちろん興味本位ではなく、きちんとした理由があった。

だけどその本心を隠したままだったから余計にだろう、教えてくれる者は一人もいなくて、結局なにも聞けなかった。

（それが誰かから漏れ伝わって、だからわざわざここに？）

ちょっと信じられない。

だってたかがそんな程度のことで足を運ぶなんて――

なんて言えばいいのかわからない。

ただ黙って見ていたら、どんどん身体が抱き寄せられていく。さっきより近くなった距離にやっと気づいて、とっさにその肩に手を置いて止めた。

（だって、そうしなかったら、もっと……）

抱き寄せられて、近づいて。そしたらまた、するのだろう。

「へい、陛下、あの」

彼はアメリアの手を不機嫌そうに見やって、それから顔を覗き込んでくるその目を細めた。

でも慌てるアメリアにはそれに怯んでる余裕はない。

「その、こういうことはきっと、好きな方とするのが、いいんじゃないかって」

「またその話か」

「だって、陛下……」

「ディートハルトだ。憶えろ」

顔を顰めて、彼が言う。それを見て唐突に気がついた。こんな風に、感情を表情に乗せて見せてくれるようになったのは、いつからだったろう。

最初はもっと綺麗に作られた表情ばかり向けられていたはずなのだ。

（そんな風に、わたしなんかに、心を開いたら――）

「本当に、どうでもよかったんですか」

「なにがだ」

「妻など、誰がなっても良かったと。仰っていたから」

――誰でも構わぬ妻、と。彼はそう言っていた。

だけど、それは本当に本心なのだろうか。最初はもっと、違ったんじゃないか。

間近で重ねた視線で問いかける。少し近すぎる距離が怖かったけれど、彼は呆れたように息をついて、負けてくれた。

「なんと答えてほしい？」

「陛か……ディートハルト様のお気持ちを知れるなら、どんなお言葉でも――」

「違う。いいから」

言え、と促されて、困惑する。でもとまどったのは一瞬だ。

「えっと本当は好いた女性がいたけれど、妻にできない女性だった……とか？」

半ば抱き寄せられた形だから、彼の顔が近い。

そんな間近からうろんなまなざしを向けられて、アメリアはさっきまでとは違う意味で頬が赤くなるのが自分でわかった。馬鹿だとか、夢見がちだとか、たぶん思われてる。

手で隠したかったけれど、片手は掴まれているし、もう片方は彼の肩に置いて体重を支えていたから、できない。

「お前は俺を、悲劇の登場人物にしたいのか」

「そんなの似合いません！」

そんなこと望んでないし、言いたいわけでもない。

アメリアは思わず身を乗り出した。違うと訴えたかった。でも、続けたかった言葉を見失ってしまう。彼が、声を立てて笑ったから。

その顔から目が離せない。びっくりして、ただひたすら見つめてしまった。

黙って待てば彼のその短い笑いは波のように消えていって、また視線が絡んだ。でもそれが少し柔らかい。

さっきまでの視線はいつもの余裕がなくて、だから少し怖かったんだとやっと気づいた。

（なにか、言わなくちゃ。わたしから……）

自分から動かなければ。彼が待ってくれている内に。

――そうじゃないと、このひとが何かとんでもないことを言い出す予感がする。

「わたしはただ、陛下に、幸せになってほしいだけです」

「ふうん」

アメリアの腕を掴んでいた手が、肩を伝い上がり、頬に触れた。そのまま唇を指先で弄られる。戯れのように弄ばれて。

だけどその唇を見つめる瞳がいつもと少し違う。

（なんだろう。……これ）

いやらしさは、たぶん、全然ない。

そのぷにぷにした感触に飽きたのか、今度は両手で頬を包まれた。まるでなにかを確かめるみたいに、ただ触れられる。

「あの……」

「なんだ」

「陛下はもっと、好きなものを、増やした方がいいです」

「……なぜだ？」

その目を見て、一瞬、また余計なことを口にしてしまった、と悔やんだ。

でももう、今更だ。

まるで不要なものなど抱え込むつもりはない、というような顔。それはきっと〝皇帝陛下〟にとっては正しいことなのだろう。

そもそも宮廷の中からは見えないだけで、アメリアが知らないだけで、ディートハルトの人生はもっと豊かなのかもしれない。

（たとえば、外に女性を囲っているとか……）

こっそり。誰にも知られずに。

それくらいのことをしていそう、とも思うし、していてほしいと思う。でもなんとなく別宅に絶世の美女を囲っている、とかじゃないといいな、とも思った。

「アメリア？」

「大切なものを、たくさん持ってる方が、お得じゃないですか。人生って一度きりだから、もっと、その――」

（ちがう。そういうことを言いたいんじゃなくて）

もちろんそれも本心から伝えたいことだったけど。

どうしてもしっくり来る言葉が見当たらなくて、アメリアはじっとその赤い瞳を覗き込んだ。もしかしたらそこにあるかもしれない。

（だから、わたしは……）

アメリアは、ここにいる彼しか知らない。彼にもし帝都の外に大切な世界があって、だから妻はどうでもいいとか、そういうのだったら。

（ああ、そうか。子供ができたら、わたしがいなくなるんじゃなくて――）

彼が、ここから去るのかもしれない。

もちろんきっとアメリアも、タイミングを見はからってこの宮廷から追い出されるのだろう。放り出される。だけどそれより早く、アメリアが居なくなるより先に。

――もう用がないと言って、いなくなる。

「あの……」

「どうかしたのか？」

また、指先が唇に触れた。閉じかけた口を物理的に開かされてアメリアは困った。だって言葉が整理できてない。うう、ううと頭の中で唸りながら、なんとか言葉を紡ぐ。

「陛下は、お子様ができたら、どうなさるんですか？」

「どうもしないが」

やっぱり通じなかった。

なにを言っている、と無言で問うディートハルトに、なんて言えばいいのかわからない。だってアメリア自身、自分がなにを問いたいのかわからないのだから。

唇に触れる指の、その手を掴んで引き離す。

「じゃあ。ディートハルト様は、その。お子様ができたら、嬉しいですか？」

その質問は、彼の意表を突いたみたいだった。

ゆっくり視線が逸らされる。意表を突かれて瞠目して、そして考えてくれている。

その間、力が失せた腕の中から身体を起こそうとしたけれど、完全に抜けきる前にまた腕を掴まれて離れられなくなった。

「あの……」

「お前は?」

「……わたし?」

それは、考えたことがなかった。

(ずっと、結婚するつもりも、子どもを産むつもりもなかったから……)

だけどそうだ。アメリアもちゃんと、当事者だ。

(わたしが妊娠して、このひとの子供を産む)

どうしてこんなに理解が遅いのだろう。問いかけてくる視線、彼がこんな風に突きつけてこなかったら、ずっと気づかないままだったかもしれない。

(わたしの、……赤ちゃん?)

ああ、駄目だ。そう思った。

深く考えてはいけないのだ。だから考えないようにしていた。なぜなら、どうせ、どんな赤児だろうと、誰かに取り上げられてしまうから。

——誰か、とは特定の人物ではなくて。国とか、帝国の未来とか、そういうものに。

(あ、そうか。このひとも、同じ……)

困惑を隠しきれないまま、ひたすら彼の顔を見つめていてわかった。同じだから、彼はアメリアに問いかけたのだ。そういう自分はどうなのだと。

もちろん誰であっても彼から彼の子を取り上げたりはしないだろう。

ただ最初から、彼のものではないだけで。

アメリアはこの瞬間、本当に今更、自分が為したことの罪深さに深く慄いた。

（もし、わたしが、もっとちゃんとした身分の人間だったなら――）

彼の婚約者として最初から選ばれていた令嬢たちなら――立派な実家があり、妃としての教育を受けた――そういう力があれば、生まれてくる子供を守ったり、彼に家族を作ってあげることができたかもしれなかった。

（わたしじゃ絶対、無理、でも）

戦で不在がちの皇帝陛下の居場所を、宮廷の中に造り上げることだって簡単だったろう。

そうしたら、さっきみたいに。

彼は、もっとここで笑えたのではないだろうか。

そんな風に考えるアメリアを、彼は不思議そうなまなざしで見つめている。

「あの、陛下。その、ごめんなさい……」

ああまた、謝罪の言葉を口にしてしまった。

適当で曖昧な、なんの中身もないただの言い訳のようなそれ。

だけどディートハルトは、今日はそれにただ苦笑を浮かべるだけだ。

「なぜ謝る。そうだな、考えたことはないが、なるほど。俺の子か。それはきっと、嬉しいんじゃないか？」

アメリアはその言葉に、曖昧に微笑むことしかできなかった。

＋　＋　＋

ディートハルトは、一体何を考えて自身の妻となりうる女性たちを追い出すような真似をしたのだろうか。

三人いた兄弟は皆、彼が幼い頃に亡くなっている。

ただ彼らが存命な頃から肉親の縁とは薄い生活だったみたいだ。全員母親が違う上に、彼の実母はやはり幼い頃に病死している。

（そういうのって、関係あるもの？）

幼い頃のその孤独が心に影を落として、無意識にそういうものから遠ざかろうとするとか。

そこまで考えて、アメリアは一人首を傾げた。どうも、しっくりこない。

そんな風に繊細な人なら、アメリアなんかにお役目が回る前にもっとちゃんとした素敵な女性が妻に納まっているだろう。そもそも妻を娶らないという選択肢は皇帝にはないのだ。それはディートハルトもわかっていた。

「頭の良いひとの考えることって、難しい」

最初の婚約者はそれはもう素晴らしい女性だったらしい。

なんとか女官から聞き出した話だと、美しく聡明で人望も厚い、気持ちの優しい、おおよそ欠点のない人物のようだ。

だけど成婚の儀の直前、婚約は解消された。

(ディートハルト様の方から、ってことだけど)

やっぱりそれも、しっくりこない。

伝聞で聞いただけのアメリアですらそう感じるのだから、当時不審に思ったのは一人二人じゃなかった。人望の厚い皇太子妃候補の女性を信奉していた、宮廷内でもっとも大きな派閥の女性達は皆、敬愛する女性を押しのけ彼女より上の地位に立つことを拒否した。

(でも、拒否しただけじゃどうしようも……)

家に、親に、従うように迫られてもなお、意志を貫くなんて不可能だ。

うーん、とアメリアは机に頬杖を突いたまま唸った。

気持ちだけなら彼女たちの行動はよく理解できる。その婚約者をクリスティーナに置き換えればいい。

(クリスティーナの意思とは関係なく結ばれた婚約、だけど一方的に破棄されて、身体を壊して療養しなきゃいけなくなる。なのにその元婚約者が平然とわたしを誘う……)

「――……殴ってしまうかもしれない」

そういう流れで次の婚約者は別の派閥から選ばれたらしいけど、それは悪手だ。

きっと同じ派閥の女性を選び、丁寧に説得する姿勢を見せたなら違っただろう。女性の世界にも政治はある、それを軽視した。

もちろんそうやって選んだ女性ときちんと結ばれたなら問題はなかった。

(だけど結果は、――)

「陛下が悪い、ってあのひとたちが言うんだから、相当酷かったんだろうけど」

この宮廷に仕える人間のほとんどは、皇帝陛下のシンパだ。

だけど話を聞かせてくれた女官達も、この件では困ったように言葉を濁していた。つまり彼女達から見ても、取り繕いようがないんだろう。

二人目の婚約者は皇帝陛下とは反りが合わず、決別した、らしい。

大貴族のご令嬢、というとアメリアはクリスティーナくらいしか思い浮かばなかったから、そこにも幼馴染みで置き換えてみる。

(と、なんとなく、わかるような?)

両者の関係は、本当にもうどうしようもないと判断されたのだという。

宮廷のほぼすべてを掌握している宰相とも縁続きだった、才色兼備な女性だったそうだ。

どうにかなるだろう、どうにかするだろう、そんな期待が大きくて、二人の間を拗れるところまで拗れさせてしまった。そう零した女官達の顔には疲労の色が濃かった。

(宮仕えも楽しいばっかりじゃないのね)

婚約解消の結論が下されるまでの期間は長く、一年近く。

その間に最初の婚約者取り巻きたちは我先にと適当な相手に嫁いでしまったらしい。宮廷が最初の婚約者と反目していた女性を選んだ時点で、多くの女性は見切りを付けたのだ。

男性から見れば、可愛らしい抗議程度にしか映らないだろう。

その頃は宮廷内の勢力図的にも、宰相の血筋を押しのけてまで上を目指す勢力がなかった。

家々は年頃の娘たちのそんな行動を諫めるほどに状況は切迫していなかった。

（止めようがないわよね。そもそも、その当時はまだこんな状況になるだなんて誰も思ってないんだもの）

「たぶん。きっと、ここら辺の流れをクリスティーナは言っていたのよね」

――最初の婚約解消の流れが拙かったのかと思っていたけれど。

（『これは少し、難しい状況なのかもしれないわ』……）

「ぜんぜん少しじゃないんだけど」

アメリアは少しも集中できなかったその分厚い書物を閉じて、その上に凭れかかる。

――自己保身の気持ちが薄く、孤独を苦にする様子がない皇帝陛下。

宮廷内で孤立しようと気にならない。おそらくこの場所に彼が執着するものはほとんどない。

だからこそ、彼にはきちんとした妻が必要だ。

（それを判っていたから、臣下の方が大事って。あの大広間で妻など誰でもいいって言った陛下に、みんな感動したの？）

「でも妻と臣下ってそれ、天秤にかけるものじゃないと思う」

考えれば考えるほど、気持ちが落ち込んだ。だってどう考えたって、アメリアがここにいることは、ディートハルトの不利益にしかならない。

だれもが皇帝の妻にふさわしいと思った二人の女性。

きっと彼女たちはこの宮廷において、アメリアにとってのクリスティーナの如く輝いていただろう。同じ女性として、その輝きより勝りたいと野心を抱く前に、一段高いところに存在する憧れとして、羨望を向けてしまうような。

きっとそれは、皇帝陛下の妻としてふさわしい、必要な資格だ。

アメリアは一度肺の中の空気をすべて吐き出して、それでも晴れない感情を呑み込んだ。そうやって立ち上がって、部屋を出る。

(陛下の妃にと皆に望まれた……。それは陛下だって当然わかっていらっしゃった)

「ねえ、誰かいる?」

いつも扉の向こう、廊下に控えている従者に、こんな風に声を掛けるのは初めてだ。

慌てたように部屋に入ってきたのは、アメリアの母親ほどの年齢の女性が二人。いつもアメリアに同情的な二人だ。

これなら大丈夫かもしれない。

「あのね。レベッカ様か、エルネスタ様にお会いすることって、できるかしら?」

第三章

「信用できないなら、見せてやるのが早いだろう？」

（すごく。怒ってる……）

アメリアはだらしなく床に腰を下ろしたまま、かくんと首を傾げてその様子を見上げていた。

夜明けまで荒淫に耽（ふけ）っていて、腰が立たない。自分がとても汚いものになった気がした。

そんなアメリアに、どうしてかディートハルトは優しかったけれど、少し前までなら心が暖かくなっただろうその配慮も胸に響かない。

（仕事、って。誰かが言ってた）

セックスだけしていればいい。

分厚い歴史書も取り上げられた。彼の手が肌に這わない時間は、眠るか湯浴（ゆあ）みをするか、身体を磨かれ飾り立てられるか。

肌が透き通るよう。きらきらとした粉をはたかれて、まるで絵本の中のお姫さまみたいだ。

（まるで、汚いのを必死に隠そうとするみたい……）

床に膝をつき爪を磨く侍女の姿を見下ろして、叫び出したくなる気持ちを何度呑み込んだだろう。だって少し前まで、それは自分の仕事だったのだ。

こんな風にきらきらしたもので取り繕ったって、自分の何が変わる訳でもないのに。

「どうした?」

ディートハルトは、正気を疑うようなことを平然と求めてくる。

アメリアは床についた膝を起こして、言われるまま玉座に乗り上げた。ディートハルトの身体を跨ぐように。

「あ……」

どろりとなかから溢れて、太股を伝い落ちていく感覚。

夜明けまで荒淫に晒されていたそこはまだ腫れぼったく、わずかに開いた口から昨夜の残滓を零してしまう。

(こんなの、おかしい)

疲れ切った頭でそう思う。だけど嫌だとは言えなかった。だって、ディートハルトが傷付いてるみたいに見える。

「ディートハルト様?」

今は朝儀の最中だったはずだ。なのに引き立てられるように連れてこられ、そして——

彼の手がアメリアの膝の下、絡まるドレスのスカートの裾を乱暴に引き抜いた。そのまま太股を撫で上げるように、その半ばまでたくし上げる。

そんな風にされたら、見えてしまう。

「あ……いや。陛下」

「白い肌が染まって艶(なま)めかしいな」

肌の様子なんて、口にしなくてもいいことだった。聞かせているのだ。

もちろんそれは、アメリアにじゃない。朝儀の場に居合わせた臣下たちに。

最初は止めようとしていた彼らも、もう口を出すのを諦めたみたいだった。

誰もが目を背けているけれど、でも皇帝陛下の御前で、あからさまに耳を塞ぐわけにもいかない。もしディートハルトがこちらを見ろと命じたなら、彼らはそれに従うだろう。

見られたら、と思うだけで、膝が震えてしまう。

「どうした？　黙っていては終わらないぞ」

「陛下、こんな……。冷静になってください。わたしなんかに、付き合って……、御自身を貶(おとし)めることは――」

どこで彼の逆鱗(げきりん)に触れたのかはわからない。だけどきつく腰を掴(つか)まれ、その力に不興を買ってしまったのはわかった。不機嫌そうに細められた瞳を見つめる。

「へい、か……」

許してはくれないだろうか。

二人きりでなら、どれだけ嬲(なぶ)ってくれても構わない。そう縋(すが)るように向けた視線を、彼は一(いち)瞥(べつ)で切り捨てた。太股を這い上がってくる手は脅しのようだ。

後ろに回った手が臀部(でんぶ)を撫で上げれば白い肌を臣下に晒すことになる。アメリアは諦めて膝で彼の身体に、にじりよった。だけど、この先はどうしたらいいのか。

『皆、お前が勤めを果たしていないと俺を責め立てる。俺は嘘をついていないと、証明してくれるだろう？』

きっと誰も、そんなこと求めてやいないのに。

（このまま、いやらしく腰を振れば良いのかしら）

「ディートハルト、さま」

両腕を彼の首の後ろに回す。婀娜っぽい仕草なんてわからない。耳元でだから彼の名前だけ囁いた。

この場で繋がれと言われても無理だ。いくら濡れたところで、挿れるものがなければどうしようもない。そう思っていたから腫れぼったいそこに触れた熱に驚いて逃げてしまった。

「うそ……。や、どうして」

「どうした。ここで抱く、と言ったのは俺だぞ」

――付き合ってくれるだろう？

そんな風に間近で囁かれて、首なんか振れない。それに逃げようとしたって逃がしてなんかくれないのだ。

「こんなことしなくても、わたしは陛下のものです、よ？」

「知っている」

ゆっくり腰を下ろす。

その先端が粘膜に触れる。その感覚にびくんと腰が跳ねた。どうした、というように肘掛けに肩肘を突いたディートハルトが唇だけで笑みを浮かべている。

「……っ、ッん――」

上手く、入らない。何度も腰を下ろすけど切っ先が逃げてしまう。それが滑るたびに慣れた快感に脚が震えた。

「まるで一人遊びだな」

含み笑いに揺れる低い声。アメリア一人に囁いて聞かせるそれは閨のそれだ。その指先が頬をくすぐり、喘ぎ声を噛み殺す唇に触れる。

（へいか……）

大きく開いた脚はもう自分の身体を支えるのにも限界で、だけどこのまま彼の膝の上に座り込むことも許されない。

「ぁ……ッ、陛、下、お願い――いれて、ください」

「ほら、俺の妻は職務に忠実だ」

状況を忘れていた身体が、その周囲に言って聞かせるみたいな声に我に返る。

たぶんそれはアメリアだけじゃなかった。背後で揺れる空気の中に、制止しようと口をひらいた家臣もきっと混じっていた。だけどもう遅い。

「ッ！　ぁ、ぁ……」

腰を掴んだ手に引き落とされて、入り口で遊んでいたそれに貫かれる。

内側が、無理矢理開かれていく。

いつもよりすごく大きく感じた。自分で身体を支えているからかもしれないし、緊張しているからかもしれない。視界が涙で濡れる。膝は細かく震えていた。

後ろに倒れないように彼に取り縋るから、その顔が近い。

（こうまでして。なにを）

——信用できないなら、見せるのが
——皆、お前が勤めを果たしていないと
ディートハルトは我欲が薄い王だ。だが傀儡ではない。良しと思えば意見は入れるが、そうじゃなければ退ける。きっと不公平な判断はしない。

（わたしの、こと？　わたしの……せい？）

ぐじゅぐじゅに蕩けたそこに熱を食ませて、炙られるような熱が一気に身体に広がっていく。

（どうして……）

わからない、なにもかも。とにかく可哀想だと思った。こんな馬鹿なことをするひとを放っておけない。

「陛下は可哀想で、——ッ」

（わたしはこの人が好きなのかもしれない）

かくん、と唐突に腰が砕けて、落ちた。奥を強く叩かれて、アメリアは声にならない悲鳴を上げる。じわ、と下肢がなにかの液で濡れて、その恥ずかしさをどうしていいかわからない。

「そんな動きではわからないだろう。それとも、見せて証明するか？」

――こうして直に、繋がっていると。

そう言って彼の手がドレスの裾をたくし上げようとした。誰もこんなところを覗き込んでくる人間なんていない。でも。

「やっぁ……ッ！　やだ、やめて、陛下！」

本気で嗚咽を零す寸前、ドレスの裾をまくっていた手が離れた。つまらない、と彼の唇が動いた気がする。彼にとって、仮初めの妻とは一体どんなものなのだろう。

獲物を見つめる獣の目で、嬲ることを楽しむその瞳が命じるままアメリアは腰を上げ、落とした。何度も。その手がドレスの前を開けさせていくのだって、ただ震えるだけで何も言えなかった。繋がっている部分を晒されるよりはましだから。

白い胸が転び出る。言葉にならない声を呑み込んで震える唇を撫でた指先が、そのまま、固く尖った胸の頂きを摘まんだ。

ひくん、と身体が跳ねる。下肢で彼を咥え込むそこも、自身を穿つその熱に縋り付いた。気持ち良くなりたいと下肢が疼く。誰に見えなくてもディートハルトには明らかだろう。彼は笑いながらいたずらに指を蠢かす。

「ん、……は、ゃぁ」

俯いて、目を伏せて、ただその感覚だけを追う。もう何も考えたくなかった。どうしようもないなら、気持ち良いことだけ感じたい。もっと弄ってほしい。

舐めて、吸って。そうねだりそうになる唇を引き結んでも、合間からじわりと唾液が染みて漏れる。自然と腰が揺れた。自分で自分のいいところに当てて、擦って、じわりと広がる甘い痺れに耽溺する。

「へい、か……」

「なんだ？」

「気持ち良く、して。おねが――」

「お前が動かなければ意味がないんじゃないか？」

震える唇で必死に願ったのに、無情にも却下されて。でもショックを受ける前に、下から突き上げられた。

「だめ、か。ぁ、ああ！」

「だめ、か。――……どうしてほしい？」

「やめ、うごかな、でぇ！」

彼はその言葉通り、アメリアの願いに沿ってくれた。

動かなくなった腰の上に、くたりと倒れ込む。びくびくと腰の奥、彼を咥え込んでいるところが震えていた。

その指先がドレスを伝い、繋がるそこに触れた。そのまま、下肢の尖りを苛められる。

その快楽になにもかも忘れて縋り付きたくなった。

けれど理性がまだ残っている。アメリアは涙目になりながら唇を噛む。

（このまま最後までなんて、できな――）

「ん？　奥まで咥え込んだままか？　まあそれも、確かにいいが」

くい、と下から押し上げられた。浅い衝撃はでも、最後の一手に近い。

（そこ、だめっ！）

伸び上がって逃げる。でも、すぐに腰が落ちた。

彼の手が腰を掴み、引き落とした。

「ひッ……ぁ、あ……」

だから、気持ち良いところに当たらないように腰を蠢かせた。下肢の尖りが彼の下生えに擦られて、じんじんと甘く鳴いてしまうのを、唇を噛んで堪える。

ディートハルトが、豪奢（ごうしゃ）な赤張りの背もたれに身体を預け、アメリアの痴態を笑う。

ここは謁見の間だ。朝儀で、人がいる。

なのに自分は何をしているのだろう。

赤く染まった胸の頂きを押し潰されて、切なく引き攣（つ）れるその感覚に繋がった部分を押しつけた。そうすればディートハルトの熱が奥をぐりぐりと擦ってくれる。

（もっ……と――）

「俺の妻は、本当に勤勉で真面目だな」

その揶揄（やゆ）に、堪えていた羞恥が限界を超えた。

でも、なのにどうしてか。

こんな状況でも、刺激ははっきりとした快感となって内側に響く。それに、堪えきれず涙が溢れる。

「どうして泣く？　こうされるのが好きなんだろう」

「ちが、や、なんでぇ……」

もっと腰を振れ、とばかりに下から突き上げられて、その大きな手のひらに胸を押しつけるみたいに倒れ込む。叩き込まれる振動に腰が逃げて、でも胸を弄られたら奥が疼いてもっとそこを揺らしてほしくてたまらない。

「お前は、俺だけ見ていればいい」

「へい、へいか、あッ」

「ほら、どうせ結果が同じなら、楽しめよ」

──いやらしく腰を振りたくって見せろ
その声は恐ろしくすんなり耳に入った。望まれる通りに身体が動く。だってこれは命令だ。

「これで誰も、お前が俺の女だと、疑わない」

だろう？　とそう囁かれて、アメリアはただ頷いた。

「俺の精子を搾り取れ」

それがお前の仕事だ。そう言われたみたいで、すごく胸が痛かったのに。傷付く心とは裏腹に、身体は悦んでその命に従った。

＋　＋　＋

なにかがおかしい。

それだけがはっきり理解できた。

アメリアの日常は今や、ほとんどすべてディートハルトに塗りつぶされている。彼の都合で起きて、彼の都合で着飾り、彼の相手をする。

和やかな会話ができなくなったのは、アメリアが抱く一方的な後ろめたさから。

だけどその不自然なやりとりも今はもうない。会話すら、ほとんどないから。

（もしかして、知られてるの……？）

ディートハルトの婚約者として真っ先に名が上がる二人の女性。そのうち、一人目のレベッカとは連絡が取れなかった。だけど。

こっそり用意してもらった宮廷の隅の一画。これからここに、二人目の婚約者であるエルネスタが訪れる。

（緊張で吐いてしまいそう……）

一人掛けの椅子に浅く腰掛けて、アメリアは何度目かの息を吐いた。

協力してくれた女官達は、今は重い腰を上げてくれたエルネスタを迎えるために出ている。

（あんなにいい人たちを騙したみたいで心苦しいけど……）

——婚約者だった二人に会ってみたい。

——会うのが難しいなら、人柄だけでも知りたい。

後ろめたさを隠しながらそっと問いかける少女の姿が女官達の目にどう映るか、計算しなかったといえば嘘になる。

年配のその女官は少し目を瞠った後すぐに、アメリアの容姿や性格を美辞麗句で飾ってくれた。それはそうだろう。アメリアの立場は、今や寵姫だ。そうして主人に仕える従者にとって、良いところを並べ立て励ますのも立派な仕事だ。

(言い聞かせるうちに、自分でもそう思い込んじゃうの)

そして忠義立ての一環として、自信を保つため程度の理由であれば軽くルールを破ってしまえるのも、従者の習性と言っていい。

この面会はだから、誰の許可も得ていない。ディートハルトには特に知られたくないと零(こぼ)した。それが余計に陛下の過去の女性関係を気にしているように見えたらしい。

(落ち着いて。大丈夫)

もしディートハルトが今日のことを知っていたなら、アメリアはこの部屋には来られなかったろう。

「友達……に、なれたら。良かったのに」

馬鹿みたいだ。ありえない。

それこそ皇帝の妻の座におさまること以上にそんなの現実的じゃない。それでもクリスティーナとの間にあった関係と似た形だったら。それが一番、自分は役に立つ気がした。

(だって、わたしは、お姫さまにはなれない)

問題は彼じゃない。身体を繋げているという事実すら、公衆の前で証明しなければならなかったのも、全部アメリアの所為なのだろう。少なくとも、もし相手がエルネスタだったなら、あんな屈辱的なことは求められない。

アメリアは突き出すように腕を伸ばして手を開いた。

爪の先まで綺麗に磨かれたその指先。溜息で身体を揺らすたびに胸元できらきら光る宝石も、ブレスレットも、髪飾りも全部今日は置いてきた。エルネスタと会うのに、女性として張り合うつもりはないと示すためでもあったけど。

(……いつも、場違いだって叫んでるから)

異性を惹きつける美しさ。実家の政治力、血筋や家柄、本人の才覚や教養。アメリアは宮廷内で勝ち上がれるだけの力はなにひとつ持っていない。

(綺麗で賢くて華やかで、って。誰かさんみたい)

クリスティーナ。敬愛する幼馴染み。彼女のようになりたいなんて思ったことは、本当に一度もない。だって彼女を守るのに、彼女のようになる必要はなかったから。

(でも今は……)

頭を過ぎったそのどうしようもない妄想を、アメリアは溜息で追い立てた。

扉の向こう、廊下の奥が騒がしい。何対もの足音と、潜めた囁き声が近づいてくる。

「来た……」

エルネスタはその聡明さを買われて婚約者に選ばれたのだという。

一度破談という結論に至ったのに、戻ってと願い出るなんて非常識だけど、でも、理解はしてくれるだろう。婚約が破談になった時と今とでは、それくらい状況が違うのだと。

(今からでもお願いしたら。もしかしたら)

それは決して、ディートハルトの不利益にはならない。自分で考えて、自分で出した結論をまた頭の中で言い聞かせた。溜息は呑み込んで、前を見た。

もしエルネスタが頷いてくれたなら、今度はアメリアがこの宮廷から去る算段を立てる。できるはずだ。少し前までこうやって、常に主人の行動の先を読み動いていく生活していたのだから。

目の前のことだけに集中するのは得意で、だから部屋に入ってきた影が豪華なドレスを纏う美女じゃなかったことが、とっさに理解できなかった。

「……陛下？」

閉まる扉を背に冷めた目で見下ろしてくるその赤。

——どうして。

そう唇だけで呟く。それを声にしなかったのは、自分の失態に気づいたからだ。

エルネスタはこの国の内政を取り仕切る宰相と縁続きの娘だった。

言葉が出てこない。

ディートハルトの顔を見上げて、でもそれだけだ。アメリアは口を開きかけ、閉じ、それでもまた言葉を探して口を開いた。

彼を前に、弁明する義務がある。

だけど謝るということは、自分が悪かったと認めることだ。

期待された役目を果たすことだけ考えて、なにもしないことを周囲の誰もが、ディートハルトが望んでいるのは、わかっている。

(でも――)

なにかしたいと思ったことは、悪いことなのか。

(期待通りのお人形じゃなくて、ごめんなさい……って言うの?)

アメリアは元々言い訳が得意じゃない。そして取り繕うだけの意味のない言葉に耳を傾けてくれるほど、ディートハルトもきっと優しくないだろう。

彼は明らかに怒っていた。

きっと発覚したのもたった今。もし彼が事前に知っていたならアメリアはこの部屋に来る前に止められていただろう。

彼の今日の政務は公の会合のような、少し改まったものだと聞いていた。朝から一日それに拘束されると。だから今日にした。

今朝腕を通していた衣装はとても重そうだったのに、今はあの立派な上着もマントも着ていない。乱雑に脱ぎ捨て床に叩き付ける光景が想像できる気がした。

シャツだけ。いつもの、彼の格好だ。

なのに威圧感が増して感じる。

（なにか、言わなきゃ）

いつか必ず彼の耳に入る。そのときこんな風に咎められるのも覚悟の上だった。

なのに彼のそのまなざしを冷たくさせたのは自分だと、それを目の当たりにしただけで、動けなくなる。

「エルネスタに会って、どうするつもりだった」

びくり、と身体が揺れる。

これは罪悪感でも叱責への恐怖でもない。彼の口から、彼の声でその名の響きを聞いたことに。それに唇を噛んで、彼女は彼を見上げた。

「……あの方に、戻って頂きたくて。そうして貰うことが、一番良いことだと」

告げた瞬間、彼の背後で怒気が揺らめく。

それを恐ろしいとはもう、感じない。自分の正しさを確信しているからじゃなくて、ただ単にもう怖くはないのだ。

（怖い間は、大丈夫だったのに……）

いつからだろう。小さな気持ちが割り切れなくなって、曖昧に仕舞い込んだ感情が変な風に膨らんでいったのは。

すべて放り出して、ごめんなさいと謝りたがる心。

アメリアはそれを噛み殺して弁明の言葉を探した。たくさんあった。アメリアがどれだけ彼の妻にふさわしくないか。エルネスタやレベッカがどれだけ妻として素晴らしいか。今だけじゃない、これから先、彼の長い人生の中でその選択がどれだけ違う未来を繋いでいくか。

理屈立てて考えた末の結論だから当然だ。でも、馬鹿みたいだけど。

（それをわたしの口から、言いたくない……）

無言で見下ろしていたディートハルトが、唐突にアメリアの手首を掴み上げる。

そのまま、引きずられるようにして部屋から出た。

「え、あ、陛ッ、ディートハルト様」

「もういい。取って付けたように呼ぶな」

「ッ……」

拒絶された。

——見限られた。

（でも、だって）

結局どう言葉を取り繕ったって、アメリアは余り物だ。後ろから数えて二番目の。

それじゃあ駄目なのだ。

それを良しとした人にアメリアの考えを素直に伝えても、一生懸命説得しても、きっと呆れたようにこちらを見て溜息をつくだけだろう。けれど子が産めればいいという、その合理的な考えが良しとされるのは今この瞬間だけだ。

「陛下、待ってくださ」

見上げて声をかけても、彼は一瞥すらしてくれなかった。

ただ前を見る、その横顔。

妃に力が無ければ宮廷は安定しない。一部の人間はアメリアの格を出来るだけ落とそうとしている。先日のショーじみた交合はそういう意味もあった。

彼はそれをわかっていて、無視できる。

そういうひとだから、城の中に居場所がないまま平然と過ごすことができるのだ。

（それは強さだけど、でも！）

彼の価値観が致命的な訳ではない。むしろ魅力的とも取れるだろう。

（だけどこれは、陛下だけの問題じゃない……）

きっとすぐに世情は変わる。

彼の婚約者が次々いなくなっていった、その時間を巻き戻すように。そのとき、もしアメリアが妊娠していたら。子供が生まれてしまっていたら。

アメリアは倒れ込まないように必死に足を動かした。ディートハルトは彼女の腕を掴んだまま足早に歩いていく。

「あの、……ッ、ディートハルト様！　どちらに――」

足元には暗褐色の絨毯（じゅうたん）。

それが皺一つ無く敷かれた細い通路を抜ければ、次いで広がるのは広い廊下だ。そこを更に進み、今度は大きな柱の立ち並ぶ回廊に出た。

(通路がどんどん広く……なら、表の方へ向かっているの?)

奥宮から遠ざかっているのは確実だった。だけどそうなら、ここまで人とすれ違わないのもおかしい。

(中央の棟を通り過ぎて、その更に向こう……?)

じわじわとした不安が胸を覆っていった。

「陛下!」

「どこでもいいだろう。お前はただ俺に従えばいい」

その瞬間を、どう表していいかわからない。

ただ衝撃だった。

ちゃんとわかっている。彼は正しい。仕えている主が放って当然の言葉に、酷いだなんて感じる自分の方が間違ってる。

でも足が止まった。そのまま引きずられ、足がもつれて転ぶので良かった。けれどその寸前、倒れそうになった身体を彼の腕が受け止める。

固い廊下を蹴る足音が止まれば、その静寂だけがただ広がっていく。しん、と冷えた空気は重みまで感じさせた。

「行く先ならすぐそこにある。祭壇だ」

声にありありと滲む呆れと、当然だと放たれた言葉。それにアメリアは顔を上げた。呆然と。

だってそれは、アメリアが選んだ結論とは真逆だ。

「他にどこに向かうと言うんだ。少し考えればわからないか」

ずっと険しい無表情だった彼の顔に、ほんの少し感情が滲む。苦笑と呼ぶには少しほの暗い笑みとして。

「――逃がすはずがないだろう？」

倒れかけたアメリアを抱えたまま、その手が頬から首筋に下りていく。でも、彼のその理屈がアメリアには理解できない。

これではまるで――

（まるで、わたしに執着してる、みたいな……）

それはでも、絶対にありえない。アメリアはまずその首筋を這う手を掴んだ。

「逃げるなんて、そんな――」

「ならエルネスタを戻そうとする理由をどう言いつくろう？　今日の会合が立場を入れ替える打診でないなら、そうだな、お茶会でもするつもりだったとでも？」

（わたしが何をしようとしたのか、そんなに簡単に――）

けれどこのひとは〝アメリアがどうしてそうしようとしたか〟を問う気はないのだ。彼の目には『逃げようとした』その事実だけが明確だから。

逃げるつもりはなかった。

そう訴えたところでたぶん届かない。

事実、もしエルネスタが婚約者として返り咲いたなら、アメリアは当然この宮廷から遠ざけられるに違いなかった。彼と離される、その前に出て行けるならそうしようとは思っていた。その方が、なんとなく、辛くないだろうと思ったから。

でもそれは、ディートハルトからすれば単に『逃げた』ことにしかならない。

アメリアは自然と、磨き抜かれた床に落ちる影へ目を落としていた。

この先は、中庭だろうか。

吹き込む風にわずかに緑の匂いが混じっている。

この暮れかけた陽が落とす柔らかい光の向こうに、青い空があるのかもしれない。ディートハルトの大きな身体が立ちふさがるから見えないその光景を、なんとなく想像したら、自然と口が開いた。

「陛下。……わたし、誓いません」

このまま祭壇の前に、力任せに引きずられていったとしても。

ぽつりと床に落とした言葉は、彼の心を揺らさなかった。

きっと想定の内なのだ。彼の顔がそう告げている。でも、だからこそアメリアは確信した。自分はやっぱり、どう取り繕っても彼にとって価値のない人間なのだと。

(だってわたしは、ショックだった)

エルネスタと会うことは、つまりは彼の不興を買うこと。それを何度も、耐えられると思えるくらい何度も、何度も想像した。

だけど現実は、ほら。

ただ泣き出さないように我慢するので精一杯だった。ひとの気持ちとはきっと、そういうものだ。

「わたしはどうでもいいものです。宣誓する資格がそもそも――」

「ならば鎖に繋ごうか」

アメリアは呆然と彼を見あげた。

冗談なのか、本気か、わからない。

その変わらない目をこちらに向けるディートハルトに対して、ふつふつと湧き上がってくる気持ち。辛うじて息をする理性が、その感情に網を掛けるように言葉を投げつける。

――落ち着いて。頭を冷やして。

――この人は違う、駄目だ。立場を弁えないと。

だけど無理だ。主と使用人という距離のその間に何度も理性が線を引き直したけど、激情に掻き消えてしまう。

だって好きだった。

「馬鹿にしないで」

俯いて、食いしばった歯の間から声を絞り出す。そうじゃないと大声で詰ってしまうから。

消えかけた理性がぎりぎりのところで手綱を引いている。だけどもうコントロールできないアメリアの手は感情のまま、彼の上着をきつく掴んだ。

「わたしはただ、あなたに幸せになってもらいたいだけで！」

言ってしまった。

どんな声が返ってくるのかなんてわかってたのに。

「――……それでどうして、お前が逃げることに繋がるんだ」

思い描いた通り。

呆れが強く滲む、うんざりした声が返る。想像と違うのは、その言葉が返るまで少し間があったことだけだ。呆れすぎてどんな言葉を返したらいいか、とっさに思いつかなかったのかもしれない。

「だってわたし。クリスティーナのところに戻らなきゃ」

彼がかすかに息を呑んだ。

それを怒りからだと思って、アメリアは息を継がずに言葉を繋げていく。

「だってわたしなんて、子供を産んだらいなくなる女で、なんの力にもなれない。なにも残せないものだから、他に」

「いなくなる？」

「陛下、わたしは――」

そう顔を上げてすぐ、アメリアは後悔した。

（あ……）

違う、そうじゃない。

そう伝えたかった。なにが違うのか、そう問われても説明できないのに。

クリスティーナの元へ帰ること。それはアメリアにとって、いつか必ず当たり前に訪れる未来だ。

だけど彼の耳にそれは、魔王の城に閉じ込められたお姫さまが、高い塔の上でずっと願っていた希望のように聞こえたのだろうか。

そんな風に、ディートハルトは顔を歪めていた。

「ちが――」

「お前はもう帰れない」

「ごめんなさい。違うんです、そういうことじゃなくて……」

何を言っているんだろう。

謝罪にもならない言葉の、音の羅列。でもだって言葉を選ぶ余裕なんてない。目の前のディートハルトのことで頭が一杯で。

「お前を俺に預けたのはクリスティーナだ」

(――……え？)

感情の揺れが一瞬で止まる。

彼の言葉にはそれだけの力があった。『クリスティーナ』という名にも。衝撃にアメリアがゆっくりと瞬く間も、彼のその声は続いている。

「本来であれば帝都に残るのは従姉妹殿の役目だったが、彼女はどうしても帝都を離れたかったらしい」

それは色んな風に取れる言葉だ。だけど彼のその表情と、声音と、そういうものから、アメリアは含まれる意味をすんなり正しく理解した。

つまり自分は、人質なのだ。

――なにかを保障するための担保として、身柄を引き渡された。

(……わたしが?)

そんな馬鹿な、と自分が呟く一方で、あの日帝都に居ただろう公国関係者の中でクリスティーナを除けば最も身分が高かったのは自分だと、冷めた声で誰かが言う。

あの日、アメリアが目を覚ました時にはもう、クリスティーナの姿は帝都の別邸から消えていた。

(宮廷から使者が来たときも。準備が整うまでずっと、傍に人が付いていて……)

思い返せば謁見の間の、あの絨毯の上に引き立てられた――そうとしか言えない乱暴さがあって、だから使用人扱いされてるんだと逆に安心してたのだ――時に、彼らは皆、皇帝陛下が座る玉座を仰いでいたけれど。

でも横目でアメリアの姿を確かめた、その視線は冷たく光らなかっただろうか。

ぞっと身体が震える。

「なら、どうしてこんな。茶番を。わたしなんかを妻だとか――」

ただ捕まえて閉じ込めておけばいい。罪人には牢が、身柄を預かる貴族を監禁拘束するためには塔が、この宮廷にもあるはずだった。

縋るように彼を見る。

なんでもいい、答えが欲しい。

妻などという名目を被せて、貶める。それほどの価値すらアメリアにはないのだから。

ディートハルトはでも、そんなアメリアを見つめ返し、そしてゆっくりと顔を顰めた。それはまるで、自身の失態を責めるように。

つまり彼は、このことをずっと、アメリアに伏せるつもりでいたのだ。

(なんで……)

「妻にする、だなんて」

「同じようなものだろう。虜囚も、妻も」

そんな言葉を、吐き捨てるように彼は言う。

きっとこのひとにとっては本当にそうなのだ。鎖で繋がれるのも、身分に雁字搦めになるのも。どちらの身の上でも同じ事だと。

――虜囚も、妻も。

だけどアメリアには。

「全然ちがい、ます。よ?」

上手く声が出ない。

顔を顰めた彼の視線を辿って目元に手を伸ばしたら、指先が濡れた。

(ああ。泣いちゃった)

何をどんな言葉で訴えたらいいんだろう。

身を屈める彼の向こう、通路の先に広がる緑の庭園。

そこに小さな聖堂のような建物が見える。その扉の前に詰めていた衛士が、皇帝の訪れに気づきこちらに来ようとしていた。

彼らがここに着くまでに涙を止めなくちゃいけない。

「なぜ泣く?」

「……ごめんなさい。どうしてか、な」

傷付いたからだ。

でもそれはわからなかったことにしたかった。

彼にだってわからない、それは普通に考えたら傷付く理由なんて一つもないということだ。

最初から自分は消去法で選ばれた間に合わせの妻もどきなのだから。

好き合った訳でもない。

義務感とか使命感とか、そういうものしかなかった。

(……のに、な)

——でも、幸せにしたいと願ってしまった。

自分にはできないから、誰か他のひとを連れてこようとした。その結論は、アメリアの胸を抉るぐらいには痛かったけど。

「本当に赤ちゃんできちゃったら、どうするんですか」

「産ませるに決まっているだろう。俺がそう決めているのに、他にどうなるって？」

彼は問いの意図を掴みかねているようだ。

見つめ合って、でも先に諦めたように息を付いたのはディートハルトの方だった。

呆れるのなんて当然だ。なのに、どうしてこんなに悲しいのだろう。そもそも彼の言う通り、名目がなんだろうとアメリアの扱いはなにも、一つも、変わることなんてない。

そう思って身を引こうとしたのに、涙を拭う手がそれを許してくれない。

「……泣きやまないのか」

「ごめんなさい」

彼はそれに、かすかに息をついただろうか。

それから、ずっと掴んでいたアメリアの手首から手を離した。それに熱い水がまた目から溢れ落ちた。視界はぐちゃぐちゃに歪んでいてなにも見えない。

だから彼がその場に跪いたのだと知れたのは、その衣擦れの音でだ。

ディートハルトは床の上に膝をついて、アメリアを見上げている。

なにが起きたのか理解できない。

ただ驚いて、急いで瞬きを繰り返して涙を散らした。うっすら開けた視界で見てもその光景は消えない。

——こわい。

畏れのような感情で一歩後ろに下がる、その手を取られてしまった。

今度は掴むんじゃなく、下からすくい上げるように。だけど同じくらい強い力で。

「へい——」

「結婚してくれないかアメリア。俺と」

その赤い瞳がアメリアの目を覗き込んでいる。たぶん、真剣に。

まるでプロポーズだ。

——傍から見たならば、きっと。

だから近づいてきていた衛士たちの足が回廊に差し掛かったところで止まった。別に来てくれて構わないのに。

だってこんなの、ただのポーズだ。

目的のためなら、結果のための手順を踏むのだって厭(いと)わない。

(ディートハルト様は、そういうひと、だから……)

すごいと思う。

尊敬している。

そしてだから、ひたすら悲しい。

「わたし、わたしは、そんなお遊戯めいたことしてほしいと望んでいないし、付き合ってほしいと思ったこともないです。わたしは、——」

だけど一瞬、嬉しいと思った。そんな自分が、とても嫌だ。

「こんな、御機嫌取りみたいな。こんなの」

望んでない。

でも、じゃあなにを望んでいるんだろう。

ふ、と差した思考の空隙にタイミングを合わせたみたいに、立ち上がったディートハルトが視界を塞ぐ。反射的に逃げる身体はその腕に捕まった。

「アメリア」

「は、い……？」

下からすくい上げるようなその手で、強引に顔を上げさせられる。

こうやって視線を合わせるのは何度目だろう。待ち構えているその赤い瞳も今日は怖くない。

心のどこかが麻痺(まひ)しているのかもしれない。

その虹彩(こうさい)をこんなに間近で見るのは、初めて肌を重ねたあの日以来だ。

そんなことを考えていた。その唇が触れて、離れていくまで。

「……え？」

今のはキスだ。

あり得ないことが起こった衝撃に、どうしてそれをあり得ないと思うのか、上手く記憶の引き出しが開けられない思考がぼんやり揺れる。

（キスは、しないって――）

初めて触れられた時に、しなくても支障はないからと。

ぱちり、と一度だけ瞬いて見た景色はなにも変わらない。ディートハルトの顔がまた近づいてきた。その距離が近すぎて、目を開けていられない。

「口を開け」

押しつけられた唇の間からそう囁かれた。

啄むような微かな吐息に驚いて、どきりと心臓が音を立てると同時に身体が強ばった。抗うつもりもない。言うことを聞かないといけない。ぐるぐると頭の中で色んな思考が混じって、どうしてか固く引き結んでしまった唇を、舐められた。

「ん、……ッ」

唇で食むような刺激に、とっさに仰け反ってしまう。

だけど掴まれた腕につり下がるような体勢では逃げることも出来ない。まだ腰は立たない。

一瞬離れたその体温に霞む目を向ければ、赤い瞳に囚われる。

距離を取るだけ追い詰められた。

(あ……)

——食べられる。

閉じた唇に歯を立てられて、溶けるみたいに力が抜けた。

緩んだ歯列を割って入る舌に、身体が勝手に諦めたように身を任せてしまう。気持ちと身体がほんの少しズレていて、だから、感覚も鮮やかだ。

口の中を、舐められてる。

（ぁ、あ……）

恥ずかしい。

もっと恥ずかしいことだってしたはずなのに、どうしてだろう。味とか、匂いとか、近すぎて全部自分と混じってしまうような感じ。

それにぞわりと心が震えて、肌が粟立つ。この感情を歓喜と呼ぶのかもしれなかった。

身動いだのはその所為だ。なのに舌が絡んで、逃げようとしても捕まって、引きずり出された。

「——……ッ」

甘噛み、だったけれど。

次はわからない。そういう脅しだ。熱い吐息に混ざって伝わるその意思に、下肢が疼く。心が走って逃げ出したいくらい羞恥に塗れている理由がわかった。

求められているからだ。

「は、ッ、……んんッ」

いつの間にか腕が背中に回っている。身体が密着してしまえば、この鼓動を聞かれてしまうかもしれない。

最初から逃げたり抗う気なんてないけれど。でも。

甘くほどけていく身体が怖い。

絡んでくる舌を押し返して、そうやって擦り合わせる粘膜の感触に、じわじわと熱が煽られてしまう。喉の奥の方から上顎を舐められて、身体が小さく跳ねたのを誤魔化しきれなかった。

もっと強く、拘束されるみたいに身体を引き寄せられる。

同時に舌先に感じるところをくすぐられた。

「ゃ、……ん、ッ！」

彼の肩に乗り上げた腕を、その首に回す。

そうすれば腕を掴んでいた手が、その手のひらを脇から腰へとなで下ろしていった。慣れた愛撫に、当てられる刺激が全部快感に変わってしまう。

息ができなくて、その苦しさも気持ちが良くて。

でも恥ずかしい。

距離を取りたかった。だって、どうしてこうなったのかわからない。

なのにアメリアの望みとは逆に、もっと距離が近づいた。

一連の動作は流れるようで、抵抗しようにも気がつけば軽々と抱き上げられている。歩き出した彼がどこに行こうとしてるかなんて、考えるまでもない。

「待って、駄目。下ろして！」

目が合ったのは一瞬だ。一段と早くなった歩みに、アメリアは慌てて上着を掴む。

「陛下。わたし。駄目なんです、本当に。……ごめんなさい」

また泣きそうになったけど、思い切り息を吸い込んだ。

顔は伏せていても問題ないから、声だけちゃんと、張れるように。

「それに人質なら、簡単に切り捨てられるようにしないと駄目だし、それに。それがなくったって身分も後ろ盾もないのに、許されません。……わたしが認めません」

「その理屈は聞き飽きた」

ほら、やっぱり。

アメリアの語る一般論なんて、誰が進言してもおかしくない。聞き飽きるくらいに言われていることに、彼は感謝するべきだ。

「忠告してくださる方がいらっしゃるなら、それは聞かなくちゃ」

——だから、駄目だ。

ディートハルトが落としたその長い長い溜息の後、アメリアの足が床に着いた。

(やっぱりこのひとは、優しいのかもしれない……)

だっていつもそうだ。

最後は話を聞いてくれる。譲ってくれる。

彼はアメリアの両手を掴み、ゆっくり言い聞かせるようにしてこう言った。

「お前が俺の妻なのは、この宮廷の中でだけだ」

「……はい」

「俺にとっては、正式な妻がいる方が都合がいい。そう頼んでも?」

「では、……——もっと将来にわたって都合がいいだろう方にお願いしてください」

さらりと、つっかえずに言えたと思う。辛うじて。ずっと用意していた言葉だったから。このまま口づけもなかったことにして、いつもの自分に、いつもの関係に戻りたかった。

なのに。

「俺はお前がいい」

「それは……」

一応伝えておくと、くらいの軽さで告げられたそれ。

だから逆にその声はすんなりアメリアの心に染みた。たぶん適当な言葉じゃないことが伝わってくる。

(……どう、しよう)

「アメリア、これが恐らく最後だ。正式に、俺の妻になる気はないか?」

ない、と間髪入れずに返せば良かった。

彼のその目を見なければ良かった。

一瞬でも息を呑んでしまったから、唇が張り付いたみたいに動かない。気の迷いかもしれない。勢いに呑まれてるのかもしれない。

――なる、とは言えない。

――ならない、とは言いたくない。

黙って見つめ合ったのは何秒か。永遠の根比べになるかと思ったその緊張が不意に途切れた。

彼の視線がアメリアから逸れた。

彼が目を向ける先、折れた廊下の向こうから足音が聞こえてくる。恐らく、数人分。

聖堂の前にいた衛士たちも、少し離れたところでディートハルトからの指示を待っているようだった。

「陛下、どなたが――」

「時間切れだ」

近づいてくる足音が普通じゃないほど慌ただしい。

それを迎えるのに振り返ろうとしたアメリアの耳もとで、彼はこう言葉を落とした。

「死んだ方がましという目に遭うとしても、死なないと誓え」

「……え？」

きっと彼らは皇帝を探していたのだ。

だからディートハルトが彼らの視界に入った途端、足早ではあるものの響かせていた足音は抑え気味になる。

近づくその集団から一歩前に姿を現したのは、宰相のバーナバスだ。

きっと彼がディートハルトにエルネスタのことを告げたのだ。それを思うと、向けられた一瞥にアメリアは身を竦めた。

だけど彼からはそれだけだ。

蓄えた白い髭を揺らしながら近づいた彼は、見ただけで状況を察したらしい。

「ああ、首尾良くとは行きませんか。残念でしたな、殿下」

「どうした。お前が急ぎ来たのなら急用だろう」

からかいめいた言葉を完全に無視して、問いかける。

けれどももしかしたら、ディートハルトは何が起こったのか予想が付いていたのかもしれない。

微かに眉間に浮かんだ皺と、険しいまなざし。

宰相もまた、苦笑を浮かべ口を開く。

「フレーザー公の叛意の証拠、というものが出てきましたよ。残念ながら、クリスティーナ殿は間に合わなかったようだ」

どういうことか。思わず口を開こうとしたアメリアは、ディートハルトに腕を掴まれてそのまま衛士に預けられた。

「お前は部屋だ」

「陛下」

「いいか、なんにせよ変わらない。お前は既に、俺の物だ」


窓の外は完全に夜の闇に沈んでしまった。

アメリアは一人だ。燭台の灯りで照らされた室内には誰の影もない。指を組んで握り込み、また解いて組み直す。それをもう何度続けただろう。

思い立って立ち上がり、廊下に続く扉に手をかけた。

さっきと同じだ。扉は開かない。

軽く揺らすとカシャンと金属の音がするから、きっと外の取っ手に鎖が巻かれているのだ。

「やっぱり……」

隣に立っているだろう衛士は、音を立てるそれに、アメリアが部屋から出ようとしていると気づいている。

だけど声もかからない。

廊下からは物音一つ響いては来ない。今日は部屋の主も帰らないのかもしれない。アメリアが目を伏せたその先で、開かない扉に縋る手が頼りなげに震えている。

(こんなの、わたしの手じゃない)

アメリアはフレーザー公国のお姫さまに仕える侍女だ。

なのに丁寧に指の先まで磨かれ、燭台の灯をうっすら染められた爪が艶やかに弾く。ゆったりと作られたナイトドレスだって、光が滑り落ちるみたいに輝く上質なものだ。

(こんな、どこかのお姫さまみたいな。こんなの……ッ)

すべて脱ぎ捨てたい。

そうできないなら叫び出したかった。

耐えきれず力任せに扉を叩こうとした瞬間、鍵の外れる音がした。じゃらじゃらと鎖が引き抜かれ床に落とされる鈍い音。

慌てて一歩扉から離れたアメリアの前に姿を覗かせたのは、待ち望んでいた人だ。

「ディートハルト様！　クリスティーナは……──」

──どうしているのか。無事なのか。

それを最後まで言わせてもらえなかった。

伸びてきた手が、丁寧に櫛を入れられた髪を梳き、頭を撫でる。その触れ方は昨夜と何も変わらない。

震えるアメリアに向けられるまなざしも、まるで落ち着けと言うようだ。

（つまり、『問題ない』の一言で終われないんだわ……）

「でも、だって。謀反なんてそんなの。まともな軍さえないのに、どうして──」

違う違う、と頭の中で声がする。

もっとちゃんと、どういうことなのか問わなくては。

わかっているのに、足元が急に心許なくなって、見えない手で喉を絞められたように言葉が出てこない。

「アメリア、俺を見ろ。少し落ち着け」

その声も、彼の唇の動きとはずれて耳に届く。

アメリアは固く目を閉じてから、ディートハルトに促されるままソファに腰を下ろす。

ディートハルトの落ち着きは、いつもとなにも変わらない。

（違う、落ち着いて……）

それはフレーザー公国がどうでもいいからじゃなくて。きっとずっと前、それこそアメリアが宮廷に上がる前から続く事案だからだ。

「あの国に、なにができるって……」

「他国の軍を引き込むことはできるだろう」

「疑ってらっしゃるんですか⁉　まさか、だってクリスティーナはそんなこと！　そんなの、絶対ありえません！」

　アメリアは思わず隣を振り仰ぎ叫んでいた。

　揺れる瞳の先にある、その綾をなす光彩と、深夜の淡い灯の中で曖昧に濁る瞳孔の黒。ディートハルトはただ冷静に言葉を返してくる。

「絶対はない。どれだけ信じたくても、あるいは信じていてもだ。絶対にありえないことなどない。それが政治だ、わかるだろう？」

「でも、フレーザー公はとっても優しい方です。優しすぎてちょっと頼りないくらいで、皇太子様も、とても真面目な方で。そもそも公国の外に目を向けられる余裕なんてどこにも……」

「だから許してやれと？」

「違います。そんなことなさらないから、だから」

「だったら信じて待てばいい。俺は嘘や偽りは口にしない。どちらにしろ、お前ができることはなにもない」

　彼の言葉は正論だ。それこそ、無慈悲なまでに。

　それが余計にアメリアの心を揺さぶった。

（だって、だって……）

こんなに近くにいるのに、決定的な温度差みたいなものがあって。それがわかってもどう乗り越えればいいのかわからない。

いつの間に握り込んでいたんだろう。

アメリアはそっと彼の上着の裾から手を離した。ディートハルトもそれに気づいたようだけど、でもなにも言わない。

（そうだ。わたしにはここに味方なんて一人も……いなくて――）

――このひと、以外は。

だけどもうそこから違っていたのかもしれない。その赤い瞳。その視線が、アメリアの中の甘えを咎め立てている気がした。

（頭を、使わなきゃ……冷静になって）

「教えてください。クリスティーナは何をしているんですか」

「お前が知らなくてもいいことだ」

食い下がろうとしたアメリアに彼は「知っておくべきなら、それこそ従姉妹殿から聞いているはずだろう」と言葉を重ねた。

その通りだ。だからショックだった。

優しく触れてくるその手が煩わしくて、でもやっぱり優しくて、泣き喚いて全部放り投げたくなった。

「なら、証拠って……なんですか」

「単なる要求だ。俺の譲位と、クリスティーナの即位を求められている。正確には、彼女の夫にか？」

「なにそれ、ありえない……」

どうしてそんな与太話を帝都のお偉方が真に受けているんだろう。

それこそ公国側で公式のやりとりに使われる紙や、蜜蠟止めの印章が盗難にあっていないか、問い合わせるくらいで十分だ。

「それが、証拠なんですか」

「いや。主に書簡だな。だが細かなところの真偽が不明だ。どこから出てきたのかすらな。ただフレーザー公国の件は、それこそ疑いは何年も前から燻っていた。クリスティーナが帝都に上がった理由もそこだ。なのにあれが去り、この状況だ、先はわからない。公国の関係者は弁明に訪れるどころか、今や連絡すら取れない」

「ならわたしが——！」

「聴取に？　なにも知らないのにか？」

彼の指摘は、正しい。

馬鹿なことを口にした。でもなにかしたかった。ディートハルトだって、フレーザー公国を直に見たことはないんだろう。

（一目、実際に見てくれればわかるのに！）

田舎で、のどかで、何もない。

クリスティーナが勝手に動いて回らなかったら、孤児への支援も麦の品種改良も公国に有利な形での交易だって、実現しなかっただろう。

「陛下。あの、みんな優しいんです。ご立派な方で、謀反なんて、だってそんなことする必要ないし、できなくて」

「お前がそう信じて、それ以外信じないだろうことは理解している」

――だが真実は真逆かもしれないぞ。

その囁きに、アメリアは動きを止めた。

なにを言われたのかも、それがどうしてなのかも。何も知りたくないと思うのに、その言葉の意味を考えてしまう。

（クリスティーナはいつも、国のために……）

クリスティーナ公女は冷静に物事を計れる理性があって、身内には情が深く誠実だ。だけどそれは、帝国を裏切らないこととイコールじゃない。

（例えばそれが、民のためなら……？）

「ちがい、ます。だって、そんなことだって、クリスティーナは一言も――」

「後ろ暗いところがないなら、堂々と俺のところに来ればいいものを。だがあれは、お前の身柄を置いてまで自由を確保した。そうだろう？」

どうしよう。

その通りだと、思ってしまった。

もちろんアメリアはクリスティーナの潔白を信じている。この納得は、傍から見たときに彼女の行動がどう映るかについて。

(このひとは最初から、クリスティーナの名前は口にするなと態度で示してた)

関係ない。知らなくていい。関知するなと繰り返してくれたのが、きっと彼の優しさなんだろう。

(でも。そんなの、最初から不可能だわ)

「ディートハルト様、でも」

「もしこのまま国がなくなれば、お前の戻る場所もなくなるな」

アメリアは呆然と、その言葉を発した唇を見つめた。

振り仰いだ先、こちらを見下ろす赤い瞳が細く、眇められた。それはどんな感情からなんだろう。

「……え?」

「クリスティーナの元に帰る予定が、白紙になるだろう?」

「それは、昼間の……」

宰相が手ずから伝えた『叛意の証拠』という言葉で頭が一杯になっていた。ディートハルトとの会話はまるで昔のことのようだった。アメリアにとっては。

そっと覗き込んだ先、彼の目はおかしげにアメリアを見つめ返してくる。

「——……大事に、なさったり、しませんよね？」

今のは見間違いで、すぐに苦笑を返してくれると信じていた。

『考えすぎだ』とか『そんなに妄想するのに忙しいのか』だとか、そんな風に呆れを滲ませた声が返ってくると思い込んでいた。だから。

「それは俺が決めることじゃない」

「陛下！」

「それにお前は、俺の妻だ。フレーザー公国の意向などとは関係ない」

冷たい声を睨み付けようと顔を上げ、逆に向けられた冷徹なまなざしにアメリアは息を呑んでしまう。

どうして、彼に頼ることばかり考えたのだろう。

——……そんなの、信頼していたからだ。

「関係ない、なんて——」

「ないだろう？　だってお前は俺の物だ」

そう言いながら、ディートハルトの指先がナイトドレスの上から肌を撫でる。肩から腕の内側、胸の輪郭を辿り腰の上へ。

アメリアは泣きそうになりながら顔を背けた。

腰を浮かそうとすればもっとその目が冷たくなった気がして、だから逃げられない。

「アメリア、お前は仕事に忠実であればいい。叛意などないと、その証を行動で示し続けろ」

その言葉もやはり、正しいのだろうか。

その笑みは、ぐずる幼子に向けるような曖昧さで形作られている。

向けられるその目もそうだ。まるで言葉で指摘するまでもない根本から、アメリアのすべてが完全に誤っていると言われているよう。

もしかしてこれが、宣誓を命を盾にして断った、その報復なのだろうか。

「ディート、ハルト、様……」

「――と、そういう流れになるだろう」

そんな溜息混じりの声を残して、ディートハルトはいつかのようにソファの背に身を投げた。

そこでまた、長い長い溜息。そこに強く疲労が滲むのは当然だ。だって彼は今日、朝からずっと公務に勤しんでアメリアと別れてからもずっと話し合っていたのだろうから。

(あ、お水……)

温かいお茶は女官に頼む必要がある。だから用意できないけど、水差しなら寝室にあった。

そこまでを、なにも考えないまま動こうとした。

その腕を掴まれて、抱きかかえられる。

(えっと。だから、どういうこと?)

冷たい態度はわざと作ったもので、そういう風に言ってくる相手が多く出てくるだろう。と、そういうことだろうか。

「陛下?」

「なんだ、このくらいで泣くのか。ならやはり、この部屋から出す訳にはいかないな」

だからここにいろ、というように手で宥められた。素直に彼の膝に留まるアメリアを確認して、彼は緩く瞼(まぶた)を下ろす。

（ああ、そうか。わたしが公国の無実を訴えると言ったから……）

この部屋を出てやっていけるか、確認したのだ。

アメリアは少し迷った。反論するかどうかを。

だってたぶん、相手がディートハルトじゃなければ、どれだけ冷たくされても酷い要求を突きつけられても平気だ。

（だけど、今日はもう、すごく疲れてしまったから）

「……出たく、ないです」

「ふうん？」

ちょっと嬉しそうにも見える唇。それを見て、アメリアもほっと気が緩んだ。

不安はある。何かできることがあるんじゃないかとも思う。でも『だったら信じて待てばい』と彼が言った通り、アメリアはその根幹を疑っていない。

まずフレーザー公国に叛逆の意思がないことは明らかなのだから。

そうやって気持ちに余裕ができて、だからふと、気づいてしまった。ディートハルトの言葉の裏に隠された意味に。

「――出せ、って。言われてるんですか？」

そもそも昼間の彼の行動も、ここに繋がるんじゃないだろうか。

神の前での宣誓も、臣下の前での宣言も、違いがないのは相手が国政に関わらないでいる間だけだ。

あの日はまだ、アメリアはフレーザー公国の名代でしかなかった。

どれだけ疑わしくとも、身元ははっきりしていた。

でも今は。

「こんな女を傍に、だとか。閉じ込めるにしても場所を移して――」

それこそ、塔に移管するべきだと言われているのではなだろうか。あの場所なら聴取に使える部屋も備わっている。

もしそのすべてを回避したいなら、それこそ宣誓を終えた上で正式な妻となるしかない。

（……だから、時間切れって）

アメリアの言葉はその耳に届いているだろうに、ディートハルトは瞼を緩く下ろしたまま、視線すら寄こしてくれない。

（そのために、跪いてプロポーズまで……？）

「陛下、あの」

「知る必要のないことだ。だろう？」

甘く、ねっとりとしたその声音。

もしかしてその目を見上げていなければ、それを優しさと取り違えてしまったかもしれない。

唆そうと垂らされる蜜は甘く薫っている。

　けど、その目はひどく暗い。

「陛下。でも。必要、はないかもしれないけど、でも」

　おもむろに伸びてくる大きな手に身体が竦むことはもうない。

　そのまま膝の上に抱き上げられると小さな期待に身体の奥が疼く。それが嫌だった。視線が高くなって、ディートハルトの顔と距離が近くなるのも。

「でも、の続きはなんだ？　早く口にした方がいいぞ？」

「や、ディートハルト様……ッ」

　唇が口の端を掠める。話せない状態にするのだって簡単なんだと、彼はそう言いたいのだ。

　顎を掴まれ、仰向いた顔をその赤い瞳が覗き込んでくる。

「クリスティーナのことは忘れろ。永遠にとは言わない。しばらくの間でいい」

「そんなの……」

　無理だ。多分それは彼も知っていた。だから、言い聞かせるように言葉を重ねる。

「今、お前を守る後ろ盾はなにもない」

「はい」

「……それは」

「お前が無事でいることは従姉妹殿の望みじゃないか？」

「だから、俺にしておけ」

「ディートハルト様、それは、どういう……」

彼にする、とはどういう意味か。

素直に頷いていればいいのだと、そうしろとその目が告げているのだとわかるのに、アメリアはただとまどった。小さな箱が閉じていくみたいだ。その中にいる、自分ごと。

(でも、どうして？)

彼の目を見て、首を傾げて。頬を撫でるその手の優しさに、やっと理解した。

このとまどいは、守られる立場に立っている自分への違和感だ。こんなのあべこべだ。

(だって。わたしはただの、臣下で……)

「できません。それで陛下が大変になるのも、クリスティーナのためになにもしないで隠れてるのも、そんなの」

どうしても、いつも、心が強く叫ぶその言葉をすぐに口に出してしまう。

ディートハルトの気配が変わった。

「アメリア」

「わたし、大丈夫ですから――」

外に出してくれて構わない。それは引き立てろと訴えている臣下の前に、という意味でだ。

それでももし彼が告げた『死んだ方がましという目に遭う』のだとしても。

だけどそれは伝えられなかった。

掴まれた腕を捻られて、押し倒される。下から見上げる彼の顔、そこに浮かぶ表情はいつもと違ったのかもしれない。

「お前はもう関係できない。俺の物だからだ。——そう教えただろう？　なんど言えばわかる。それとも、言葉だけでは足りないか」

「や、へい」

「俺に抱かれた時点で。お前はその髪の一筋すらすべて、俺の物だ」

第四章

ガタン、と轍を踏んだ馬車が大きく揺れた。

その衝撃に身を竦めるアメリアに、隣に腰掛けていたディートハルトが顔を上げる。

（どうしよう）

帝都は遙か彼方。

宮廷の外へ出てはいけないはずなのに、アメリアは視察に出るという皇帝の公務に付いてきてしまった。

正確には、連れ出してきてしまった。だけど。

（……どうしよう）

「どうした、まだ怯えているのか。お前が気にすることじゃない」

彼は穏やかで、だからアメリアの心は引き攣れるように痛む。この震える唇から、最後に意味ある言葉を発したのは、いつだったろう。

（わたし、たぶん間違ってなかった）

だけど正しいことが常に次の正しさに繋がるとは限らない。

アメリア自身はどうなっても悔いはない。だけど。

——それにこのひとを巻き込んでも、後悔しないと言えるだろうか。

伸びてきた手が震える唇を塞ぐように指を這わせる。きっとその行為に他意はない。ただ感触を楽しんでいるだけだ。

そのまま彼が興に乗れば、きっとここで抱かれるのだろうけど。

「へい、か。わたし、わたしは……」

「気にしなくていい。俺のものを俺がどうしようが、俺の勝手だろう？」

＋　＋　＋

ディートハルトはその背中が扉の向こうに消えてから、思い切り溜息をついた。

誰よりも高い場所に腰掛けて垂れる頭を見下ろすだけの間、会話のような会話はない。ただ相手に語らせて、最後に軽く声を掛ける。頷くだけで終わることもあった。

『真面目に聞いてあげてください』

ふと、そんな声が聞こえた気がして、そんな自分を苦く笑う。

実際そんな風に言われたら困るだろう。もはや〝皇帝〟はただの偶像だ。こうして『拝謁の栄誉』とやらを得るために金を積み、問題とも呼べない愚痴を垂れ流す。

それでも皇帝にとってもこれは、己の求心力を高めるのに効果的な儀式だ。

ディートハルトにとっては、まったく意味のない時間だが。

「それにしても。皆、顔を隠すのが上手い」

「そういうものでしょう」

最近妙に隣に付きまとうようになった宰相が、その白い髭を笑いに揺らした。

「卑俗な身の邪な考えを陛下に知られないため、私どもは貴方を高みに座らせるのですから」

つまり、先ほど退出していった男は後ろ暗いことを隠すために、下らない話を延々としていったということか。

（……まあ、関係ないな）

彼が以前向けていただろう帝国に対する忠節も、そこから裏切りに至った過程も。

一ヶ月後か二ヶ月後か、裏切り者として目の前に引きずり出された時に思い出せばいい。

「さて、道化だか見世物だかの時間は終わりだが？」

与えられた時間をぎりぎりまで使おうという輩が多くて、結局はこうやって少しずつ予定がズレていく。

「俺としては、早く部屋へ戻りたい」

「ほんに執心でおられる」

その好々爺然とした顔は、大概にして相手の神経を見事なまでに逆撫でてくれた。

その姿を横目で見ていると、その髭がまだ青かった先代の頃から勘気を被っては放逐され、また重用されるを繰り返したという来歴も頷ける。だが後で頭を下げて――あるいは上から居丈高に戻ってこいと命じるくらいなら、適当に流しておく方が楽だ。

「初恋をこじらせるのは大変ですな」

「うるさい」

一瞬前の投げやりな結論——言わせておけ——を投げ捨て睨み付けた。

「おお、そのような目で。仲人たる私にそれは余りに酷い態度ですぞ。陛下はもっと、私を、敬うべきかと存じます。陛下を勤勉な王だと仰るアメリア殿が聞けば——」

「本当に黙れ」

ここのところ毎日のように顔を出すのは、こうやってディートハルトの前でにやにやしたいからなのだ。

（少しは取り繕え……でなければ死ね）

毎日そう心の中で吐き捨てているが、まだ寿命を迎えそうにない。

「まあそうなるだろうな、とは思っておりましたが。意外に早い段階で自覚して頂けたのは幸いでした。最悪なのはほれ、塔に収監した後で無自覚にあれこれを——」

「馬鹿かお前は」

「そうなればクリスティーナ様のお心が折れてしまわれる、とそう愚考したのですよ」

「あれは、そんな風には裏切らないだろう」

——従兄弟に幼馴染みを手込めにされたから、謀反を起こします。

そんな馬鹿な理屈で動くような女じゃない。あれから毎晩のようにアメリアから聞かされるクリスティーナの姿は素朴で少し抜けている。

『お綺麗ですけど、私が頑張らないとすごく適当な格好をなさるし。キラキラしてるのは外見だけで、中身はちょっと自己中心的で、ええとでも働くのがとってもお好きなの。興味がなければ不正も見逃すくらい、ちょっとあれな方だけど、今のフレーザー公国が大好きで、民のことはとっても大事になさってるんですよ！』

息が途切れないのか、と不思議に思う。

あの時はああだった、こうだった。笑みを浮かべ語る姿からは、彼女たちの色鮮やかな日常が幸せに満ちているのが伝わってくる。

比べて、ディートハルトの隣にはにやにや笑う老爺しかいないこの現状には、流石にうんざりする。

「さて、乙女の心は老輩には判りかねますが。とにもかくにも、どんな形であれ、アメリア殿を囲いに保護出来たのはよろしゅうございました。そう、私は陛下の良識を疑うことなど許されておりませんので、ゼロではない以上はなにも——」

「もういい。それよりこの後だ」

「何をおっしゃいます。あの可哀想な姫君がやっと得た安息の象徴でもございます、それが失われればあの方の人生が精彩に欠けるのも必至。それはあまりに、私のような老人からすると悲惨の一言では言い表せず——」

「わかった。俺の初恋がどうとかいう譫言（うわごと）は見逃してやる」

たぶんそういうことなのだろう、と当たりを付けた一言の効果は絶大だった。

宰相の顔に戻ったバーナバスはおもむろに書類を捲り上げ、それをディートハルトの前に差し出してくる。

「お疲れさまでございます。お戻りになりたいとのことでございますが、ですが今日はまた、ほれ、例の件で話がしたいという輩が何件か。これはもう一つ部屋にまとめましょうか」

また迷路に嵌まりそうなほど迂遠な物言いで、何が言いたいか理解するのも面倒な抗議を聞かねばならないらしい。

「あいつらは本当に、どうなれば満足なんだ」

「それはもう、すべて他人の所為にしたいのでしょう。娘が逃げたのは、閉じこもったのは、婚約に至れなかったのはすべてフレーザー公とクリスティーナ様の差し金だった」

――アメリア殿の件は陛下がお庇いになっただけ、男女の関係などないのだから宣言は無効だろう。

謳（うた）うように続く言葉に、あの日の怒りが蘇る。

同時に、慣れない後悔に頭が痛い。

「なかなかに人を馬鹿にした筋書きです。まともなら口にするのも恥ずかしい。ですが、後ろ暗い点を突かれ脅迫をされたという事実は伏せたまま、被害者の顔ができるとなれば、ねえ。そうして失われた機会をもう一度、とささやかな欲を抱いているのですよ」

「ささやかなのか」

「それが証拠に、アメリア殿に危害をという話にはまだなっておりません」

「……まだ、ね」

うんざりする。

同時に、怒りからだろう、有象無象を踏みつけ均したい衝動が心の片隅から滲み出す。

この感情を小出しにするなもったいない、と、面白いことを言ったのも隣で宰相なんて面倒なことをやっている老人だ。

「もうお前が王になればいい」

「そのお言葉は有難く、辞退させていただきましょう。それで、アメリア殿のご様子は？」

「彼女は——」

語りたくはないが、伏せていられる話題でもない。

この老人の興味の九割が色恋沙汰だろうが、残りの一割は違う。次に打つ手を考えるのにはどんな同情も必要なのだ。それを盾にしたにやにや笑いに、だから遠ざけられるのだと悪態付きながらも、重い口で語っていた最中。

扉の向こうが騒がしくなり、そして無理に開いた隙間から女官が転がり込んできた。

「陛下、アメリア様が！」

まだ扉の影も見えないのに響いてくる怒号。

何度も壁に跳ね返っただろう声は言葉の形を失いつつも、負の感情だけはありありと伝えてきた。最後の角を曲がると、打ち倒され床に転がされた衛士の姿。

それから、半ば開いたままの扉。

ディートハルトは足早に近づき、それを殴りつけるように扉を開いた。

そこに広がる光景は、一言で言えば異様だった。

いつもであれば、慌てて駆け寄ってきたアメリアがディートハルトを見上げて、目が合うと気が緩んだように笑う。

だが彼女は部屋の片隅から動かない。壁で背中を守るように蹲り、腕で身体を庇ったまま。

――怒りを。

いつから老爺の言葉に従い溜め込むようになったんだったか。

呑み込むためではなく使うために貯めている。そうして感情を爆発させる度、転がるように人の心が手のひらに落ちてくるのだ。

心底、下らない。

ああやって彼女をいたぶる男達が、つばを飛ばしながら敵国の人間がどうのとがなり立てる。

だが、生まれ育ちが違うだけのことを野蛮だなんだと罵る彼らと、何が違うのだろう。

（少なくとも俺にとっては、切って捨てるのに何のためらいもない）

ディートハルトはまだ一言も発していない。

だが扉が壁にぶつかり響いた派手な音に集まる視線。そして室内は静まり返っている。

壮年の、恰幅のいい、ひょろ長い手足の、そんな身なりの良い男達が三人、その場に凍り付いていた。

その足元で、細かく震えていたアメリアが恐る恐る顔を上げる。

自分を責め立てる人間が増えたのではという不安。助けを呼びに走った女官が衛士を連れてきてくれたかもしれないという期待。

それらがない交ぜになった瞳が頼りなく揺れて、そして。

だがそれがディートハルトだと知るや、血相を変えて立ち上がった。

「陛下！　あの、これは違うんです！」

許可無く皇帝の私室に足を踏み入れた不届き者たちは、彼女のその場違いな勢いに押されたように一歩下がる。だがその手が反射的に彼女の肩に伸びたのを――ディートハルトに駆け寄らせまいと阻もうとしたのも、はっきり見えた。

その手が宙で止まったのは、触れられなかったからだ。

ディートハルトの目の前で、アメリアの剥き出しになった肌に直に触れる勇気がなかった。

彼女のドレスはそんな風に裂けて肌が露わになっている。

ぐらりと開きかけた感情の蓋を、アメリアが体当たりで閉めにかかった。文字通りだ。腕に飛び込むというより、体当たりしてきたとしか言えなかった。

「……ッ、落っ、落ち着いて、ください」

なにをそこまで必死に訴える必要があるんだ。顔色が悪いのはこんな状況では当然だ。その足も震えている。その上、彼女は両腕で残骸にも似たドレスを抱え肌を隠して。

(ああ、だから体当たりか)

──手が使えないから。

それを見下ろして、感情を逸らそうと息を吐く。

それが長く、まるで溜息のように聞こえたからか、彼女の方が震えた。

(……違う。お前にじゃない)

そもそも部屋に戻ったのが部屋の主でなぜいけないのか。アメリアがディートハルトを見つけた時の反応に納得できなかった。

部屋に踏み込んだ時に見た怯えきった表情と、こちらを向いた瞳を揺らした驚愕が、まだ目に焼き付いている。

「──ひとまず、捕らえておけ」

「お待ちを、話をお聞きください、陛下！」

廊下の外まで漏れ出していた声は、なるほど同じ室内にいて耳が痛いほど。彼らは先ほどバーナバス宰相が話題に上らせた、上申者たちの一部だろう。

名を思い出す価値もない。

その声に一瞥をくれてやることすら忌々しかった。

長いだけの歴史、伝統。広いだけの領土。そしてこれだ。私腹と保身ばかり優先する者の方が声が大きい。それでも他国と比べたら安定しているというのだから、笑える。

こんなものを維持するため自分はいるのか。本当に欲しいというなら、クリスティーナに位を譲ってやったっていい。

一度すべて壊して、不必要なものを切り捨てて、自分が選んだものだけで一から国を造り上げられるなら、それはどんなに――

「――ディートハルト様！」

アメリアが大きな瞳を揺らしている。

「落ち着け、アメリア。いいから。これでも着ていろ、そして大人しく待て」

「違うんです。これはただの事故で。だからどうでも良くて――」

「なにを慌ててるんだ？」

彼女の肩に長い丈の上着は重かったのか、よろける身体に腕を回すと、ようやく彼女はほっと息をついた。

「慌てている、というか」

「ああ」

「わたし、この部屋が、好きなので……」

「それが？」

「血の染みができたりとか、その。それはいいんですけど、お掃除が大変ですし、『染みが落ちません』って部屋を移りなさい、みたいなのは」

なぜ彼女はこんなにも判りやすく嘘をつくのだろう。

考え、つっかえ、言葉を紡ぐ間は決して目を合わせようとはしない。正確には、気持ちを訴えようとディートハルトを見上げて見つめて、はっと気がついたように目を逸らす。

アメリアが言いたいのはもっと単純なことだ。それがいつかの、誰かの声と重なる。

『……殺さないで』

ディートハルトはそれを、溜息と頭を振ることで払った。

「彼らは出て行ったし、俺は今、剣を持っていない」

「あ。そう、ですね。でも」

――少し、怖かったから。

彼女はそれを、床を見つめながら呟いた。そしてわずかに強ばった腕に気づいて、顔を見上げてくる。

「ディートハルト様？」

「……どうしたものかな」

呆れることに『殺さないで』と叫んだ声がまだ、心に残っているらしい。

「アメリア、事故で罵倒はないだろう。何を言われた？」

これもまた、尋ねられたくはなかったらしい。

アメリアはびくりと身体を震わせ逃げようとする。ディートハルトの腕の中にいるから、実際に逃げることは叶わないが、素早く逸らされた視線はまた床の上だ。

（あれだけ怯えていたなら、仕方ないか）

連れ出した男達を絞り上げればいい。

そうアメリアから意識が逸れた途端、倦怠混じりの影が思考を陰らせる。宰相などは〝皇帝を辞めたい病〟などと揶揄するそれ。

さっき逸らされた視線が戻って、アメリアのその淡い色の瞳の中に、うんざりした気持ちを隠さない自分が映し出されていた。

アメリアは、こうやって嫌いなものを切って捨てるのは嫌がるだろう。

だが捨て去って新しいものを作りたいと呟いたら、どうだろうか。

恐らく、下らないとは言わない。だが子供っぽいとは言うかもしれない。困ったように、でも呆れを隠さずに。

『でも、陛下。この帝国を愛している方々は、たくさんいらっしゃいますよ』

(……バーナバスの、思惑に嵌まっているな)

だがそれも、いいか。そう思った。

「アメリア。お前、どうしたい?」

「え?」

「俺が考えると血なまぐさいからな。お前が代わりに――いや。それは拙いか。俺もこれ以上お前に嫌われたくない」

「……嫌ってないです」

「俺の子を産む代償に、望みはないかと訊いたろう。あれを、ここで使ってはどうだ?」

そう囁いた。

正確には唆した。『使ってしまえ』と。彼女はきっと、ディートハルトには理解できない理屈で不法者の助命を願うだろう。

それならそれで構わない。

（そうなれば、お前のこの状況は、お前が選んだ結果でしかなくなる）

その願いの代価に、彼女は一生囚われる。ディートハルトの腕の中に。

アメリアは勢いよく顔を上げた。素直に。何も疑わず。

「それって。……なんでも？」

「被害に遭ったのはお前だ。お前の好きにしたらいい」

そう告げると、彼女はしばらく視線を迷わせ、そうしてとまどいながらも口を開いた。

＋　＋　＋

小休憩は終わりを告げ、また馬車が動き出した。体格の良い馬たちが引く広い馬車の中、隣にいるディートハルトに気づかれないように息をつくのは簡単だ。

（なんてこと言っちゃったんだろう……）

嫌がらせが増していたのは知っていた。

アメリア本人には届かない範囲の小さな嫌がらせ。誰もアメリアには詳しいことは教えてくれないけれど、女官達が用意途中だった食事やお茶を突然下げたり、替えの備品を抱えて走って行くことが多くなっていた。

そしてとうとう、あの出来事だ。あの日、突然やってきた乱入者たちは次々にアメリアを罵った。その蛮行の大義名分として掲げた、罵ってきた、その内容が——

今にも人を殺しそうな形相でディートハルトが現れたときは、罰が当たったのかと思ったくらいに、恥ずかしくて惨めだった。

なのに望みを口にしろと、その彼が言ったのだ。

もしそこで彼に促されなければ。それがあのタイミングでなかったら。

(たぶんもっと、普通な感じに頼んでた……)

ああ、と零しかけた声は辛うじて呑み込んだ。でもその吐息の重さがディートハルトの視線を誘う。

(まさか。どうして。陛下も来るなんて——)

——クリスティーナを助けたい。

彼はアメリアの言葉を聞いて、目を瞠って、それから笑った。

いつの間にか傍に控えていた宰相が急に慌てだしたけれど、彼はそれも意に介さなかった。

『宣誓しなければ認めない、そう言ったな。ならば現時点であれはただ俺の所有物だ。俺が持ち歩けば、それに誰も文句などないだろう?』

皇帝直々の言葉で押し通した、というのは少し違う。

彼のその言葉がただ、宮廷内のどこかの誰かと知らない誰かの政治的な利害と一致したのだ。

妻という名目の、寵姫と人質の立場を行ったり来たりするアメリアが一旦宮廷を出るということは、皇帝の子を産む資格を捨てるということだった。

（だからもし、今、私の中に彼の子供がいても、この子は彼の家族にはなれない……）

アメリアは自然と固くなる拳を見つめる。

大丈夫、懐妊の兆しなんか欠片もない。考えすぎだ。問題ない。それに子供がいたら困るんだから、いない方がいいんだから。

だけど万が一、もしかして。

（もしそうなら、このひとにどう償えばいいの……）

慣れない馬車の移動だけじゃない。どういう結論でも落ち着けない、とりとめのない思考が頭の中をぐるぐると回るのに疲れてしまう。

知らずに出ていた溜息が、またディートハルトに見つかってしまった。

「ただの視察にいつまで緊張しているんだ。まだ目的地に着いてもいないぞ」

「陛下……」

彼は本当に、普通にアメリアを案じてくれている。

それがもっと罪悪感を煽るのだとは、さすがに言えない。もうずっと、どういう風に彼と話せばいいのかわからないなんて。

泣きそうになった瞬間、ディートハルトに向かいにあったクッションを押しつけられて、アメリアは思わずそれを受け取ってしまった。

「ルートはもう少し考えるべきだったか。街道を回るのでも良かったんだがな。それは俺らしさに欠けるそうだ。警戒されては元も子もないのは確かだが」

ディートハルトの様子には、緊張の欠片も見られない。

——これは襲われるために編成された、そのためだけの隊なのに。

数日後にこの使節隊は目的地に着く。その領地の端にクリスティーナがいることは、少し前からわかっていたんだそうだ。そして彼女と、彼女を通じてフレーザー公国を利用している誰かも、恐らくそこにいるのだろうと彼は言う。

敵は確実にこの隊を襲ってくる。どうしてそう確信できるのかわからないけれど、ディートハルトたちは口を揃えて言う。

『そこを捉えて居場所を聞き出し、兵を送る。元々そういう計画だった。そこにお前も同行させればいい』

「野営は辛いだろう。眠れるようなら眠っておけ」

「それは大丈夫です。野宿は別に慣れて……あ、違。あの、陛下はあまりフレーザー公国の実情をお知りにならないでしょうが、田舎というか、ちょっと」

後ろめたいというだけで、どうして必要のない嘘までついてしまうんだろう。

野営に慣れているのは本当だ。でもそれはフレーザー公国が貧乏だからじゃない。

ある日突然『旅に出るわ、アメリア』と言い出して、本当に飛び出していった幼馴染みのせいだ。あれは確かまだ十二か三の歳の頃。

馬車での野宿が当たり前で、なのに北にどんどん北上していくから今よりずっと寒かった。

──ほら、見てアメリア。こんなに寒いのに、麦が実ってる！　……そうね、そういう風に続いていくなら、素敵だわ』

『貴方と私の髪の色を混ぜたら、きっとこんな風ね。……そうね、そういう風に続いていくなら、素敵だわ』

不意に鮮やかに蘇った思い出に、アメリアは顔を伏せ唇を噛む。

（こんなに後ろめたいのに。それでも、もし一番酷い結果になっても。わたしはきっと、絶対、後悔なんてできない……）

握り拳を膝に押しつけて、膝を叩いて、アメリアは勢いよく顔を上げた。

「あの！　陛下。なにかしてほしいこととか、ありませんか⁉」

「……特にないな」

なにを言っているんだ、というようなディートハルトの視線が少し痛い。

「忘れてはいないだろうが。これが片付けば戻って宣誓してもらうぞ。間に合わせの聖堂じゃない、正式な場でだ」

それがこの件の交換条件だ。

覚悟しているんだろう、と囁いてくる瞳に、その覚悟がないことを見透かされている。アメリアは思わず、ほんのわずか、身を引いてしまった。

「お前は約束を違えないな？」

「……はい」

「ならいい。その保証さえあれば俺はそれで十分だ」

だから気にするな、と彼は言う。

それから一度、格子が嵌まった小さな窓から外を見て、俯き加減に笑みを浮かべた。

「まあ、このまま戻らないというのも、それなりに悪くないだろうが」

アメリアはそれを聞いて小首を傾げ、彼のその言葉を頭の中で反芻して、もっと首を傾げた。

戻らない、ということはつまり。

――妻としての宣誓をしなくてもいい、ということだろうか。

(そう、いうことよね?)

「俺はやはり外の方が性に合うんだろう。あちらは、いろいろ面倒だ」

うんざりする、とその吐息に重なって聞こえた気がした。

それが本心なのか、それともアメリアの気持ちを軽くしようとする方便なのか。どちらもありえそうで、困る。

「でも陛下。眠るなら屋根の下のベッドの上が一番、気持ちいいんじゃ、ないかと。思うん、ですけど」

(わたし、どうしてこのひとの前でばかり、馬鹿みたいなこと……)

そっと隣をうかがうと、やはり見られていた。でもその目は馬鹿にするとか呆れるとかじゃない。向けられる視線の種類が少し前とは違っていて、柔らかく思えてとまどう。

これはさっき『眠っていい』と言われたのが、頭に残っていたからだと、そんな言い訳も笑って聞いてくれそうな雰囲気だった。

「なら、仕方ないな。お前のために屋敷を建てよう。だからお前も来い」

え、とアメリアが零した呟きは、馬車が走る音に掻き消されたのだろう。

ディートハルトはさらりと続けた。

「俺は少々、あれに飽きた」

（『あれ』って、宮廷のこと？　それとも……）

彼のその声には生の感情が滲んでいた。だからきっと、冗談なんかじゃない。

――だけど多分、本気でもなかった。

「お家を建てるんですか？　でもどこに？」

「ああ、そうだな。まず土地を奪う算段を立てるか」

「うばう……。それだと、やっぱりその、その土地に暮らしている人たちの面倒もみたり？」

どこがいい、と問いかけてきていたディートハルトはアメリアの言葉に、今度はちゃんと、何を言っているんだ、という目を向けた。

――当たり前だろう、という視線だ。

それにほっとすると同時に、アメリアはディートハルトに対して始めて、親しみのような奇妙な感覚を覚えた。なんだかすごく不思議な気分だ。もしかしたらディートハルトは〝皇帝〟を真面目に務めているんじゃなくて、これが自然体なのかもしれない。

逃げる言い訳にするために。

（……そうか）

このひとは一度決めたことから、逸れないのだ。

妻はアメリアでいいと、そう決めたから。これが嫌々だったなら違ったかもしれないけど、色々な都合で転がされたアメリアに同情して、懐に入れてしまって、それで。

（そういう風に生きられるのは、強いからだ）

彼はきっと好きなように生きて、勝手に幸せになるんだろう。だったら。

（……わたしの気持ちはただの、献身に見せかけた逃げだったんだ）

幸せにできない、力が足りない、そうやって自分を誤魔化したんじゃないだろうか。逃げる言い訳にするために。

その方がしっくりくる。

「陛下は、変わりませんね」

「そんなことないだろう。あの煩くがなり立てる輩がいなくなるぞ。もちろん小賢しい白髭の老人もだ」

アメリアは何度か瞬いて、納得した。

「はい、そうでした。あの、ごめんなさい。一緒に行くのはいいんですけど――」

「いいのか？」

「ええ。楽しそうだなって思います」

そう返すと、今度はディートハルトがゆっくりと瞬き、考え込むように視線を逸らす。

その一々が気になって、怯えていた自分が馬鹿みたいだ。

(このひとは、小さなことで私を嫌ったりしないのに……)

「でも陛下は男の方に好かれるタイプだから、みんな追ってきちゃうんじゃないでしょうか。

つまり、あの、面倒くさいこととか、うんざり、みたいなこともたぶん……」

「いいのか」

「あの、陛下？」

適当に受け答えしすぎたのだろうか。

一瞬やっぱりそんな不安が襲ったけど、そういうことじゃなかった。何かを誤魔化すような仕草はきっと、アメリアに向けられたものじゃない。ディートハルト自身に向けて、彼が無意識に行っている。

「ああ。いや、自分の思い込みの愚かさに気づいただけだ」

小さく首を傾げるアメリアに、彼は少し、なにかをためらっている。

そんなことは初めてだ。

「――……ディートハルト様？」

「お前は、……真面目にやれとは言わないな」

「陛下はいつも真面目になさっているので、ご立派だと思います」

少し他人行儀で冷たいだろうか。

だけど事実だ。アメリアはだから、彼のことを尊敬している。嘘(うそ)ではない証拠を視線で示そうとしただけなのに、ディートハルトはふ、と笑い出すとそのまま笑い出した。

「いや、昔よく真面目にやれと言われていたんだ。そうだな、よく考えればわかることだ。全然似ていないのに、なぜかお前もそう言うだろうとばかり」

その瞬間、どうしてかわかってしまう。

(これ。女のひとの、話……)

何かを懐かしむようなその声音は、遙か遠い過去を振り返るよう。

その懐かしみと楽しさと、それにほんの少し哀しみが混じったようなその笑みは、額縁に飾りたいくらい綺麗だったけど。

(見たくない……)

目を逸らしたかった。そう心は呟いているのに、実際は見ないでいるなんて不可能だ。

(なにか、喋って。こっちを向いて……)

——だけどそれで、アメリアが比べられている〝誰か〟の名前が出てきたら?

それだけで、開きかけた口が閉じた。全然知らなかった。自分がこんなに卑怯で、身勝手で、臆病だなんて。

(もし、一人目の。レベッカ様なら……)

幼少の頃から面識があったという、ディートハルトの婚約者とは、会うどころか連絡すら取れなかった。存命なのは確かだけれど。

アメリアはただじっと己の手のひらを見つめてた。

唐突にこの手に落ちてきたパズルのピースをはめ込んでみる勇気が出ない。

もう少し、にこにこと笑っていられたら良かった。懐かしそうに目を細める彼の隣で、彼のその顔を見上げるのにふさわしい顔に。

（……少し、吐き気がする）

気のせいだろう。

たくさんのことが取り留めなく頭を回る所為だ。落ち着かないのは不安だから、不安なのは現状がとても、危ういから。

（――なのに、こんな身の程知らずな）

自分を殴りつけたい衝動。気持ちが荒々しく暴れて、どうしてかコントロールできない。もし唇を噛んでいなければ叫びだしていたかもしれない。

その瞬間だ。馬車に衝撃が走ったのは。

重い衝撃が何度か、叩き付けられるように響いたのは覚えている。この時既に身体はディートハルトの腕の中にあって、庇われて、その肩越しに低い重心の馬車が横に倒れていくのを見ていた。

その最中、小さな窓を突き破って降るなにか。

（矢？　いえ、槍……!?）

「どうして！」

それを実際に叫べたかどうかはわからない。

獰猛な馬のうなり声に重なって、断末魔のいななきがどうしてか耳に届いた。馬車は横転するだけに留まらなかったんだろう。酷い轟音の中で、ディートハルトに庇われながらもアメリアは一瞬、気を失った。

だからその光景も、激しい耳鳴りが響く中で見たものだ。

馬車の残骸に隠すように寝かされていていたんだろう。

ディートハルトの姿は遠く、その背に剣を投げつけようとする誰かの影と、それから。アメリアはなにかに息を呑んで、その衝撃で視界は暗転した。

(どうして。なんで)

――……彼が襲われているのだ。

誰の声も聞こえない。でも答えは簡単だった。アメリアが、彼を安全な場所から連れ出してしまったからだ。

落ちていく意識の中で、深い後悔が胸を灼いた。

――クリスティーナを助けに行きたい。私が、自分の足で。

とても利己的な衝動がアメリアにそう言わせた。この状況で宮廷から出たら、アメリア自身の安全も保障できないだろうとわかっていた。

だからこそ外に出たかった。

アメリアは自分を罰したかったのだ。なんでもいいから打ちのめしたかった。

（だって……）

例えば目の前で暴言を吐かれている時に、その口に履いていたヒールをねじ込みたいと思うのまではありだろう。

けど、黙らせるための権力が欲しいなんて望んだら？

そんなこと、心の中で思うことすら許されてはいけないことだ。

（……消えてしまいたい）

『大体お前もあちら側の人間なんだろう！　間者なんじゃないか？』

そう怒鳴り罵り、もみ合いになって膝をついた。間に入ろうとした女官は頬を張られ床に倒れていた。彼女を逃がして、そして。

彼らはアメリアを追い出すために実力行使に出ようとした。本気で襲うつもりはなかったんだろう。ただ貶めようとしただけで。

『たかが謹慎で済むなら、その泥を被ってこそ忠臣だろう！』

つまりアメリアは、宮廷の中で、裸に剥かれて転がされても、その程度の罰で禊（みそぎ）が済むくらいの人間なのだ。

その瞬間、思ってしまった。

――ディートハルトに言われるまま、宣誓しておけば良かったと。

一瞬だけ望んだ。彼の妻の座を、あんな男達を黙らせる権力が欲しいだなんて、そんな下らない動機で。

クリスティーナの無事を疑ったことはない。

彼らが面倒事に巻き込まれているのは確実だけれど、「気にするな」「お前は関係ない」と繰り返すディートハルトのその言葉の裏を、無意識に信じていたのかもしれない。

きっと彼は助けてくれるのだろうと思っていた。

だから。

(──陛下。ディートハルト様……)

どうしようどうしようどうしよう。

わたしのせいだ。

考えなしに発した言葉で様々なことが動いていった。いつもそうだ。なのにそこから学ばない。

アメリアの言葉が端を発した。元々あった視察の予定を繰り上げて、だから結果としてディートハルトも隣にいて、そして。

真っ暗でなにもない世界の中、ただ最後に見た光景が繰り返し再生される。

──ああ。

もしも、彼があの場で死んでしまっていたら。

(わたしたぶん、生きていけない……)

もしかしたら叫んでいたのかもしれない。

目覚めた途端、目の前に広がる見知らぬ天井。それを目にした身体は妙に固く息苦しくて、肩で息をしながらアメリアは辺りを見渡した。

陽射し（ひざし）に焼けた布の、古い埃の臭いが鼻につく。

（どこ、ここは……）

「へえ。ちょうどいいタイミングで目が覚めたな」

体格の良さが際立つ、赤毛の男がアメリアを見て嗤（わら）った。

寝かされていたソファの対面にある扉に立つ二人の男の内の一人だ。兵士上がりの傭兵かなにかか、粗野な印象を受ける。

その隣にいる男は、もっと得体が知れない。

いかにも平民らしい服を着てはいる。だけどその衣服は妙にこざっぱりとしていた。まるで下ろしたてのように。丁寧に梳（くしけず）られて鋏を入れたとわかる髪や、肌の色艶も、平素野外で肉体労働をしている者の形じゃない。

（……変装？）

頭がはっきりするにつれ、アメリアの身体の節々は熱を持ったように痛みだした。

馬車の横転で打ち付けられたからだろうか。記憶が曖昧だった。それでも一つだけはっきりしていること。

――アメリアは目の前の彼らに、攫われたのだ。

（ディートハルト様……）

一緒にいた人たちは、彼らは無事だろうか。

窓の向こうはまだ明るい。だけど気を失っていたアメリアには、この西日が、馬車の中で見た太陽と同じ日のものだという確信が持てない。

「クリスティーナ様の仰る通りだな。泣きもしない叫びもしない。ちょっと頭が足りないんじゃないか？」

「クリスティーナを知っているの？」

彼らと話すつもりなんてなかったのに、驚きのあまり声を上げてしまう。

赤毛の男がそんなアメリアを鼻で笑った。

「ああ。一応ご主人様だぜ。……なあ？」

その言葉に強い揶揄を滲ませながら、彼は隣の男に馴れ馴れしく腕を回した。

地味を装っている、だが明らかに貴族だろう黒髪の男は、嫌悪を少しも隠さずその腕を払い落として、アメリアに冷めた目を向けた。

「そうですね。ひとまず貴方のことは、クリスティーナ様のご友人として扱いましょう。あの方の機嫌を損ねるわけにはいかない」

「クリスティーナに会わせて」

「こちらの用事が済めば取りはからいます。……さて、本題ですが、貴方は妊娠していますか？」

書類を捲って確認しながらの問い。まるでなにかの調査員のようだ。

「報告では可能性は低いと聞いています。ただ、今のそれ。妙に腹部を庇う態度が気に掛かる。奥宮の医者は買収できなかったからな。診断が下っているなら――」

後半の独り言めいた言葉で確信した。

この男はアメリア個人にはまったく興味も、価値も覚えていない。ただ一つ、アメリアが持っているかもしれない価値あるもの。

「陛下の子供をどうするつもりなの」

「それを貴方に知らせる必要が？　ああいえ、今の段階で何をどうする、という話は出ておりませんが、場合に寄っては大きな駒になる。だから貴方を殺すよりは攫った方がいいと、クリスティーナ様が仰ったんですよ」

さらりと混ざる幼馴染みの名前。

その話は事実なのだろう。彼らにとって、アメリアなんて言葉を弄して欺すほど価値のある人物じゃない。

「正直に話しなさい。子供は？」

「……いるわけないでしょう。もし妊娠していたら、私は宮廷から出られないんだから」

アメリアはぐらぐらする頭を、静かに呼吸を繰り返して宥めていた。

彼らの言いがかりを笑う余裕もない。どこかに打ち付けた左の手首の内側が痛いから、そこを右手で押さえているだけだと、素直に教えてやるのも癪だった。

その間にも赤毛の男がべらべらとなにか喋っている。クリスティーナが視察に向かう隊の経路を予想しただとか、襲撃場所を選んだだとか。

（気持ち悪い……）

（わたしが妊娠してる可能性は低い、って。〝報告〟って言った……？）

宮廷から情報が流れている前提で、作戦のなにもかもが動いていた。だからそれは問題じゃない。だけどなら、なにが引っかかるのだろう。

ずきりと頭が痛んだ。

最初から妊娠していないと思われていたなら、アメリアの誘拐は主な目的ではない。その場のついでだ。

それなら彼が狙っていたのは――

「ディートハルトの首を取れなかったのは残念だが、こうなってしまうとクリスティーナ様の言葉も――」

（ああ、やっぱり。ディートハルト……）

ぐ、とこみ上げてきたものを、唇を引き結んで耐える。

冷静にならなければ。

ただ待つだけになるのを避けたくて『助けに行きたい』と願った。元々の計画ではアメリアはもっと蚊帳の外になるはずだった。

（だから、わたしは運がいいの）

饒舌に語り続ける男の様子を見て、アメリアはそう確信した。自分の心を誤魔化そうとやっきになる男性の言動や仕草は、クリスティーナの隣でいつも見てた。

襲撃が成功したことは彼にとって、想定外なのだ。

そしてだから、この男は、それを成功させたクリスティーナを畏怖しかけている。

（つまり。クリスティーナはいる……）

だとしたら――

「じゃあまあ、計画通りにすりゃあいいんだな」

アメリアは考えを遮られて、そのまま顔を上げた。赤毛の男はどこか楽しそうに、隣に立つ貴族の男を向いている。

わずかな間を置いて、呆れたような吐息を一つ。

「あまり乱暴なことはしないように。傷は決して残さないよう気を付けてなさい。私はあの方を宥めてくる」

そう言い置いて男は去った。

見張りが一人減った。そう考えればチャンスだ。けれど、なぜかすごく、嫌な予感がする。

（でも、やらなきゃ。彼を押しのけて、ドアを開けて廊下に出て……）

――クリスティーナのところに。

「さて、じゃあ始めるか」

「なにを……」

「妊娠してないなら、孕(はら)ませないとならんだろう？　俺が見張りに選ばれたのだって、これのせいだ」

そう男は自らの頭を差す。

鮮やかな緋色とは似ても似付かない、だけど黒でも茶でもない、赤。別にそっくり同じでなくてもいい。父親の特徴がそのまま赤子に引き継がれるとは限らないのだから。

矛盾しなければいいのだ。

「そんなの。無駄だわ。だって私が今妊娠していたって、それがもし陛下の子であっても、それは正式に陛下の皇子とは――」

「そんなことは、どうでもいいんだよお嬢さん」

どれだけ相手を見下せば、こんな嗤いを浮かべられるんだろう。

理屈じゃない恐怖を覚えて、アメリアは慌ててソファから立ち上がった。だけどやっぱり休息が足りないんだろう、すぐによろけてしまう。

男にとっては、まさに弱った獲物だ。

「〝もしかしたら〟で十分だ。妊娠したアンタがいて、その種がもしかするとあの皇帝の種かもしれない。それがこの国で正式に認められるかどうか？　そりゃこの帝国でのルールだろう。俺たちには関係ないね」

「……関係ない？」

「〝かもしれない〟はつまり〝そうに違いない〟ってことだ。それが政治だぜ、お嬢さん。ほら、大人しくしろよ。初めてってわけじゃないだろうが」

　言いながら、わざと隙を見せるみたいに両手を広げてくる。

　逃げられるものなら逃げてみろ。にやにやと嗤う目がそう告げるけど、でも逃がすつもりなんて欠片もないのだ。

　室内には二つ扉があった。その内の一つ、さきほど男が出て行った方は、廊下に繋がっているはずだ。

（鍵も掛かってない……）

　見る限りしっかりとした造りの屋敷だ。

　ただ全体的に埃っぽく、壁紙も色褪せている。何年も掃除の手が入っていないんだろう。残された調度品も品が良く、だけど半ば朽ちかけていた。

「どうした、諦めるのか？」

「――……ッ」

　伸びてきた手を払って、そのまま駆け抜けようとした。だけど逃げようとした女の腕を掴み、ソファの上に投げ返すことなど、男には簡単なことだったんだろう。

　叩き付けられた衝撃にアメリアがうめく間に、伸し掛ってくる。

「馬鹿なことはやめて！」

「そんなこと言ったって、孕まないことにはお前に価値はないぜ？　最初の予定通り、さくっと殺してくれってことか？」

「それは……ッ」

ビッ、と布が裂ける音。

剥き出しになった首筋から肩に掛けて、男の吐息がかかる。ただひたすら気持ち悪くて、鳥肌が立つ。だけど動けなかった。

『嫌なら死ねよ』

それを睦言みたいに耳元で囁いた――吐き捨てた男にとっては、続けた言葉にだってさほど意味はないのかもしれない。けど。

『それとも殺してやろうか？』

この男にとってアメリアはどうでもいい存在で、そして恐らく行為の間にアメリアが死んでも、あるいは殺しても、悪びれもせず死んだとただ報告するだけなんだろう。

（死んだら、クリスティーナに会えない）

――ディートハルトとの約束も守れない。

でもやだ。

固く目をつぶって、でも諦めるのはもっと嫌で目を開けて。

アメリアは息を呑んだ。

その瞬間、クリスティーナが抱えていた大きな花瓶が、男の頭に叩きつけられた。

「……クリスティーナ？　本物の？」

「宮廷にわたくしの偽物が出たの？　それはぜひ見てみたいわね」

男の下からアメリアを引きずり出し、打ち身の具合を検分しながら懐かしい軽口を口にするのは、どこをどう見ても幼馴染み（おさななじ）のクリスティーナだ。

「なんで、痩せてる……」

「ドレスのことなら大丈夫よ、ここから出たらすぐに体型もなにもかも元に戻すわ」

「そうじゃなくて、クリスティーナ」

その美しさに陰りがある訳じゃない。むしろ凄みが増している。

それでも痩けた頬やえぐれた鎖骨、たぶん腕も細くなっている。明らかにやつれて、だけど瞳だけ輝いていて。

「ぼうっとしてないで。逃げるわよ」

「え？」

「なんのためにわたくしがここに来たと思っているの？　助けにきたのよ、ほら！」

差し出された手ごと、クリスティーナはまるでどこかの王子様みたいだった。

――それは私の台詞（せりふ）、とは、なんとなく口に出せない。

廊下の外に人の気配はない。

クリスティーナが言うには、盗賊崩れの自称傭兵という男達がたくさん雇われてはいるものの、基本的にこの建物の中に人は入れないようになっているとのことだった。

ここはただの屋敷じゃないから。

アメリアは廊下の窓から外を見て、やっとクリスティーナの言うことを理解した。

「お城？」

「そんな立派なものじゃないわ。ただの古い砦よ。かなり前に物好きな人が内装に手を加えて使っていたそうだけど、その人も死んでしまって、それっきり」

先を歩くクリスティーナの顔は見えない。

狭い廊下は一定の間隔ごと上下左右をせり出した壁に阻まれ、一人ずつ身を屈まなければ通れない。

ここは古い実戦を想定して作られた、本物の砦なのだ。

「でもこんな立派な建物、相続する親族の方とか……」

「さあ、誰もこの砦のことは知らなかったのかもしれないわね。だから持ち主が死んだ後放置されていた。その持ち主が、わたくしの父よ」

クリスティーナの言葉は、一言一句はっきりとアメリアの耳に届いていた。

さらりと付け足された真実も。

「つまり、クリスティーナはフレーザー公の娘じゃないの？」

「あら。よく分かったわね」

ふふ、と笑いながら彼女が振り返る。

でもクリスティーナが掴むアメリアの手は、少し痛い。

「それは、だって……ここから公国は遠いし。公はお亡くなりになってないし。それに――」

だからなのか、と思った。

それは直感だった。

「それで、だから、おばさま……公妃さまの娘でもない？」

「その通りよ。お母さまは可哀想な赤子を引き取ってくださっただけ。そうじゃなければ、殺されなければならなかったから」

「うそ……」

狭い螺旋階段を駆け下りる。

その最中、アメリアが掴まれていた手でクリスティーナの手を掴み返すと、彼女は少し驚いたように振り向いた。

そして泣きそうになっているアメリアを見て、目を丸くする。

なぜそこでショックを受けるの？　と首を傾げる姿は、ディートハルトにそっくりだった。

それも当然なんだろう。クリスティーナが先代皇帝の実の娘なら、ディートハルトとは異母兄妹の関係だ。

「わたくしはちゃんと生きて貴方の前にいるわよ？」

「じゃあ。この砦は、その。前皇帝陛下の……？」

「ええ。わたくしの実の父は先代の皇帝陛下様で、ここは実母との逢い引きに使われていた場所。当時はこの辺りの支配権はまだしっかり確立していなかったのに、こんな前線によくもまあ。本人たちにとってはドラマチックな物語なんでしょうけど」

――ああ、めんどくさい。

まるでそう言うみたいに大きく髪を靡かせ、クリスティーナは再び階段を駆け下り始めた。

この狭さも攻め上がってくる敵兵を迎え打つため。三階ほどの高さを一気に駆け下りるその間、ホールから見渡せる範囲で人影はまったくない。

「ちなみにわたくしの実母はベイエルという国の王族の末裔らしいわ」

「ベイエル？」

アメリアは首を傾げた。あれだけ知識を詰め込んだのに、聞き覚えのない名だった。帝国内外にそんな国は存在しない。

「もう半世紀くらい帝国と戦ってくれてるカッデンツァの僻地(へきち)の、旧王家だそうよ」

「本当に？」

それはいかにも、詐欺に使われそうな話じゃないだろうか。

クリスティーナは笑うだけだ。彼女も信じてはいないんだろう。でもその横顔が少し、悲しそうに歪(ゆが)んでいた。

「クリスティーナ？」

「ちょっとだけ、実の母親というものに興味があっただけなのよ」

「……会えたの？」

「さあ」

そもそも生きていると考える方が間違っていたのかもしれないわ。そんな悲しい呟きと同時に、螺旋階段は終わりを迎えた。

クリスティーナが自身の出自を知ったのは十二の頃。

それから数年後に実母の関係者を名乗る人物が接触してきて、そして好奇心と思慕に勝てなかった少女に囁いた。宮廷に戻るつもりはないのかと。

——皇帝の妹ではなく、妻として。

「陛下の婚約者が次々と辞退したのって……」

「カッデンツァでは、異母兄妹の結婚は許されるらしいわ。馬鹿みたいでしょう」

先に大貴族が退いていったのは偶々(たまたま)だったが、相手はそれを幸運と捉えた。

彼らを相手にしなくていいのであれば、ずっと事は容易い。もともと中小の家格しか持たない貴族や帝都から遠い領土を預かる諸侯たちにとって、娘を差し出しだし帝家と縁続きとなることは財力的にも荷が重いことでもあった。

「飼い犬を殺してやる、っていうレベルの脅迫ですって」

「は？」

「夜会で取り乱した子がいたでしょう。確か、ローザリンデ。もちろん当主や家を脅す場合は普通に脅迫して、その過程で妹じゃ駄目だってわかったそうよ」

クリスティーナは皇妃にはなれない。だが、帝位に対する継承権はある。

「帝国だと女性でも継げるってわかって、今度はそっちの方向を目指しませんかって打診してこられたの」

「どうして言ってくれないの！」

「これは誓って本当よ？　簡単に言うと、すべて冗談にしか聞こえなかったのよ」

少し困ったように微笑むクリスティーナに、アメリアも押し黙った。

恐らく彼女の話は帝都に来てからのことだ。なら、不審者の接触を許したアメリアにも責任はあった。

（……悔しい）

下働きの人間が通るのだろう、薄暗い空間を抜ける。クリスティーナの足取りには迷いがなかった。まるで事前に準備していたみたいに。

「一応言っておくけど、わたくし、元々あったアメリア・トレンメル暗殺計画に口を挟んで拉致計画にしただけよ。それも失敗するように、すごく適当な提案で駄目な方へ誘導をしたつもりで。それがまさか成功するなんて」

「そうでしょうね」

いつでも、どんなことがあっても、この幼馴染みがアメリアを陥れようとする訳がないのだ。それだけはこの先も一生疑わない自信がある。だから、いい。

クリスティーナが困っている気配がする。

アメリアの機嫌が悪いからだ。だから先回りして謝って、機嫌を取ろうとしている。不機嫌になった理由はそこじゃないのに。

「――……どうしておしえてくれなかったの。一年以上も一緒に居たのに」

クリスティーナが自分の出自を知ったのが十二の頃というなら、あの家出の時だ。

いつもの気まぐれで、思いつきで旅に出ると言ったのだと思っていた。結局色々あって、あの麦畑のために留学の名目で一年以上も国を離れた。

（別に。楽しかったけど……）

だけどあの頃、クリスティーナは心の中で泣いていたのかもしれない。

たった一人で。

「だってアメリア。貴方、わたくしのドレスをデザインさせてあげるって言ったらなんでも言うこと聞くんですもの」

「う……」

「きっとドレスを作らせてあげるって言えば、貴方は絶対、わたくしから離れていかないって信じていたの」

その言葉はとても嬉しかった。

嬉しくて、すぐには顔が上げられない。

「あの時も、今回も、貴方に黙って行ったのは悪かったわ。だけどお義姉様が誘拐されて、解放の条件がわたくしの身柄だったものだから」

「アレクシア様が？」

「そうよ。身重でいらっしゃるのに、見捨てるなんてできないでしょう？」

――わたくしなんかのために。

そう二重に声が聞こえた気がして、もしかしたらクリスティーナはずっと、いつも、そう考えていたのかと思ったら、とっさにどう言葉を返していいかわからない。

「行くなと言われたのだけど、無理に我が儘を通して。貴方を置いていけるというなら信じると、そう言われたものだから。上手く出し抜く自信はあったのよ、だけどごめんなさいね。逆に捕まってしまったわ」

数日で戻る予定だったのだけど。

クリスティーナは扉に手を掛けた。ゆっくりと慎重に、音を立てないように。

そして開いたことに、彼女はその横顔にほんの少し安堵を見せた。

外に繋がる扉は簡単に塞げるようになっていた。つまりいつ外から塞がれてしまってもおかしくなかったのだ。

「どうして逃げなかったの？」

「アメリア？」

「クリスティーナ。あなた、いつでも逃げ出せたんでしょう？」

こうやって簡単に外に出られるルートを探って、用意して。だけど最後の扉はいつまで使えるかわからなかった。なのに動こうとしなかった。

アメリアはまっすぐにクリスティーナを見つめた。

きっとこの場で嘘や誤魔化しはないと信じた。

「──お義姉様がまだ、捕まっているからよ」

アメリアの足が止まった。

クリスティーナの視点で立てばすべてが明快だった。実母が敵国の出身で、その縁での誘いを断れず接触してしまい。帝位を奪えと強いられ、断れば身内を人質に取られた。

「逃げたら、どうなるの？」

クリスティーナはそれには答えない。

「アメリア、これが最後の秘密よ。わたくし、あの麦畑の国に婚約者がいらっしゃるの」

「……は？」

「技術協力の見返りにと、そういうお話で。ここから出たら、そろそろ嫁ぐ準備をしなくちゃいけないわ。ねえアメリア、一緒に来てくれる？」

「それは……」

できない。

だってアメリアは、この先を一生宮廷で過ごすのだ。

それはアメリアがここに来るための条件でもあったたし、自らの誠意に誓った約束でもあった。

けれど答えをためらったのはそんな理由からじゃない。

──ただ。ディートハルトを置いてはいけない。そう思った。

「できないでしょう？　ドレスを作らせてあげると約束しても」

「クリスティーナ……」

「ねえ。アメリア、わたくしの出自は、可哀想かしら？」

突然そう言われて、アメリアはとっさに首を横に振りかけた。

だってクリスティーナが可哀想だと思ったことなんて一度もない。今この瞬間も、その影は彼女の聡明な瞳に陰りを帯びさせただけで、その存在の光を鮮やかに増している。そう思う。

だけど、それはクリスティーナが強いからだ。

アメリアは頭を過ぎった想像に泣きそうになった。

普通の子供だったら、それはとても――

「もしそんな赤子がいたことを憐れに思うなら、貴方はちゃんと無事に帰らないといけないわ」

「クリスティーナ？」

「わたくしはね、貴方に。その可哀想な赤ちゃんの母親には、なってほしくはないのよ」

＋　＋　＋

高い塀が夕日に染まりかけた陽射しを遮って、真っ黒な影を落としていた。

使用人の通用口から裏門まではすぐだ。

だけどクリスティーナは正門に回ろうとしている。この砦周辺が戦場だった頃を除き、正門に続く栈橋は使われないまま、もう何年も下ろされていない。逆に裏門は物資の運搬や人の出入りのために常に解放されていて、アメリアもそこから運び込まれたそうだ。傭兵の大半はその周辺に野営させられている。

「彼らはどうして砦の中に入れないの？」

「万が一のことを考えて、痕跡を残したくないのでしょうね」

「どういうこと？」

「人が居なければ火を掛けるのは簡単だし、すぐ傍に野営の痕があればならず者が入り込んだんだとわかる。……ただそれは建前で、あの方、単純にこの国の人間と寝起きする場所を共にしたくなかったんじゃないかしら」

「あの黒い髪の、変装の下手な人が？」

「会ったの？」

「ええ、あのひとは今――」

「眠っていただいているわ。あら……」

正門の桟橋を下ろすつもりは最初からなかった。女性二人の力では不可能だからだ。目的はその隣の、一人用の扉だったのだが。

「塞がれているわね」

「あれくらいなら剥がせると思う……ただ、音がもしかしたら」

「そうね。でもここを除けばあとは地下から水路を行くしかないわ。外には繋がっているでしょうけど、何の準備もなく向かって通れるかは五分五分ね」

二人は結局、夕闇に紛れながら、少しずつ打ち付けられた板を剥がしていくことにした。

クリスティーナは道具を取りに戻っている。アメリアも付いていきたかったけど、彼女一人なら万一傭兵に見つかっても誤魔化せると言われたらどうしようもない。

(わたしが、助けにきたはずなのに……)

辺りはどんどん薄暗くなっていく。

真っ赤にそまっていた空は褪せ、今度は少しずつ紫紺に染まっていくのだろう。うっすらと輝く星のきらめきが見え始めている。

変化は、気がつけばあっという間だ。

それはきっと、気づく前からじわじわと始まっていたんだろう。

アメリアは物陰にしゃがみ込んだまま、その光景を見つめていた。急に口元を塞がれて、暗がりに引きずり込まれるまで。

「そうだ、ほら外だ。俺は正しい。なあ、俺を殴ったのはクリスティーナなんだろう? あの女、小賢しく頭が回るからな。砦の中を逃げ回ってるように見せかけて、さっさと外に出ると思ったんだ」

――あの女、絶対犯してやる。

その怨嗟に塗れた言葉に、アメリアは目を見開いた。

あの赤毛の男だ。アメリアを襲おうとした。

「ん、んん……ッ」

すごい力だった。

だけど足をばたつかせても、がっちりと拘束する硬い腕に爪を立てても、アメリアの身体はただずるずると後ろに引きずられて行ってしまう。

クリスティーナが向かった方向とは反対だ。それだけが救いだった。

ガン、ダン、と乱暴に物音を立てながら、赤毛の男はアメリアを抱えたままどこかへ下りていった。暗闇の中に引きずり込まれていく。ランプもなにもない中、夜眼に不慣れなアメリアには壁の様子すら見えない。

だが男がぶつぶつと呟く合間を縫って、かすかな水音が聞こえる。

（水……？　水路？）

――なんのために？

「んん――……ッ!!」

「ああ、お前を先に可愛がれって？　そうだな、お前、大人しく俺を受け入れようとしてたもんなあ。だがはっきり言やあ俺はな、お前には興味がないんだよ！」

そう吐き捨てるのと同時だ。

アメリアは地面に叩き付けられる。唐突に点ったランプの灯に照らされた男の形相は鬼のようだった。

その目は恨みに濁っている。きっと他の誰でもない、クリスティーナだからこそ。不意を突かれたとはいえ、倒されたのがよほど我慢ならないのだろう。

で吊されてしまう。

「なにを……」

「あー！　剣も忘れたじゃねえか！」

次の瞬間、首を掴まれ引き起こされた。とっさに足で立とうとしたけど、そのまま腕力だけで吊されてしまう。

——殺すつもりなのだ。そして水路に落とす。

そうすれば、きっと死体は発見されないか、されるとしてもずっと後のことだ。彼の雇い主だろう黒髪の男には逃げたと一言言えば済む。

（でも、じゃあ、クリスティーナは……!?）

アメリアを殺した後、この男は彼女も捕まえて、乱暴して、それから——

そこまで考えられたのに、必死に足を蹴り上げたのに、届かない。

（クリスティーナ！）

息が苦しくて。

血が上って熱かった頭から、すうと血の気が引いていく。それと同時に、意識も。最期まで目を開けていようとしたのは、ただの意地だ。

だって許せない。こんな男が、クリスティーナに——

（あ、もう——）

駄目だ。

そう思った途端、彼の影が見えた気がした。願望かと思えばおかしくて、ガクンと落ちる身体を置いて唇だけ笑ってしまう。

死んだと思って、捨てられたのだと思ったのに。足の先が地面に着く前に、アメリアの身体は誰かの腕に抱え支えられ、冷たい床に倒れずに済んだ。

（――……え？）

けほ、と喉につかえた塊を吐き出す。

塊のように感じた、わずかに残っていた空気を吐き出したら、その小さい咳が呼び水になったように咳が止まらない。

喉が痛い。絞められて呼吸ができなかったときよりずっと苦しかった。

支える腕に縋るようにして膝をつき、アメリアは必死に息を整える。その間に少なくない人数が行きすぎる気配を感じて、目を上げた。

「俺はここに残る。先に行け」

身体が震えるほど懐かしい声。

その顔が見られるなら、身体の痛みなんてどうでも良かった。のろのろと顔を上げる間にたくさんの足音が去って、残ったのは数人と。

「……ディー、ト、ハルト、さま？」

「大丈夫か、アメリア」

（なんだか、今日はずっと、それは私の台詞じゃないのって思ってる……）

まだ息が苦しい。

肩でつく息のせいで揺れる視界。生理的に滲んだ涙を瞬きで散らして、アメリアは支えてくれる腕を伝ってその顔を見上げた。

ディートハルトだ。本物の。

クリスティーナが言っていた水路を使ってきたのだろうか。全身がずぶ濡れだ。アメリアを支えてくれる腕も、その指先まで。

（——……冷たい）

まるで死体みたいだ。

馬鹿な妄想なのはわかっていた。だけど暗がりの中、灯（あか）りは足元でぽつりぽつりと点る小さな携帯用のランプだけ。

馬車が横転した時の、辺りに響いた怒号と土煙。血の臭い。

そんな脳裏に蘇る光景の方がずっと鮮やかで、目の前の光景こそが夢のようだ。アメリアは恐る恐るその首筋へ手を伸ばした。

（温かい……）

手のひらの下で、彼の心臓は確かに鼓動を刻んでいる。

「へいか……」

「なんだ」

その少し固い声も、なにも変わらない。

じわりと、ずっと固く凍っていた心の一部が溶けていく。やっと追いついた実感に、アメリアは思い切り顔を歪めた。

「怖かった、です」

「ああ。……すまない」

——追跡するのに、わざと助けなかった。

それにアメリアはただ首を横に振る。なんでもいいから手伝いたい、自分の手で関わりたいと無理を言ったのは自分だ。それに怖かったのは、そんなことじゃない。

ディートハルトが死んだらどうしようと思った。

「死んだら、……違う。どこか、怪我(けが)は……」

「怪我はしてないぞ？」

「……ほんとうに？」

たぶん、アメリアが何に怯(おび)えているのかわからないんだろう。

なんならお前が確かめろと言うように両腕を広げた。きっとたぶん絶対、その行動に他意はなかった。わかっていた。

でももう限界だったのだ。

体当たりするようにその腕に飛び込んだアメリアを受け止めたディートハルトは、突然の行動に驚いたかもしれない。でももう、泣き出さないでいるので精一杯だった。歯を食いしばって、声を出さないようにするだけで。

感情が制御できない。

嫌われるかもだとか、迷惑だろうとか、そんなことどうでもいい。

「――濡れるぞ？」

どこかとまどうように囁きに首を横に振る。

濡れた布越しに体温が伝わってくるのが嬉しいのに、離れたいなんて思うわけないのに。

首を振り続けるそのアメリアの耳元で重く吐かれた吐息が、まるで安堵からみたいで、そうだったら嬉しくて、子供みたいに泣き出してしまった。

――もっとちゃんとできたら良かった。

この砦で目が覚めてからずっとずっと思っていた。

もっと頭が良くて、機転が利いて、ちゃんと役に立てる人間だったら良かったのに。

いつの間にか後ろに回ったディートハルトの腕が抱きしめてくれている。少しずつ力がこもって、掻き抱くようになるそれに、また泣きたくなった。

(どこから戻ってやり直せばいいんだろう……)

過去になんか戻れるわけない。それに、いくら考えてもわからない。遡ったってどこから間違っていたのか、足りなかったのかわからない。

だってアメリアは幸せだったのだ。

幼いクリスティーナが自分の出自に混乱して国を出た時も、世情の危うさから帝都に上がる

ことになったときも。

――それはもしかしたら、宮廷の中に引き込まれた後ですら。

(馬鹿みたい……)

すごくはしゃいで、まともな仕事なんてなに一つできていなかったのに、偉そうな口を利いて、いろんな人を巻き込んで。

「陛下、クリスティーナが……さっき一緒で、それで。さっきの男が――」

(そう、さっきの……!)

ぱちんと音が鳴ったように、意識と記憶が現実で繋がる。

我に返ったアメリアは、ディートハルトに取り縋るように顔を上げた。そうだ、さっきまで自分は、助け出したいと願ったクリスティーナと一緒に逃げていたのだ。

そして彼女を狙う男に捕まって、それで――

「それならもう殺した」

「――……え？」

無意識に彼の言葉の現実を探そうとしたアメリアの視線を、優しい仕草で――だが有無を言わせずディートハルトが絡め取る。

「心配せずとも、上に向かった者たちが騒ぎに乗じて保護することになっている。聞こえるだろう？　こっちは別動隊だ」

耳を澄ませば、確かに。

遠く響く地鳴りのような、これは沢山の声が重なる音だ。振動、轟音、閉じた門を破壊するための槌(つち)だろうか。それが石造りの分厚い壁を伝って、地下にまで伝わってきている。

「あれは直前までお前と居たんだな？　ならばお前と合流するのを最優先に動く。心配せずとも無茶な行動は取らないはずだ」

確信の滲む物言い。揺らがない瞳。それは信頼の証だ。

（兄妹、だから……？）

自分には決して向けられないだろう。だって自分は――

一瞬前の泣かずにはいられなかった後悔が劣等感になって頭をもたげる。そんな場合じゃないとわかっていた。だけど今は耐えられない。

なのに離れようとした身体は無理に彼の腕に引き戻されて、上げようとした顔も頭を押さえつける手に阻(はば)まれる。

「駄目だ。片付けるまで待て」

「片付ける？」

ディートハルトは最初からそれに答えるつもりはなかったんだろう。でも音でわかった。彼は後ろに控える護衛に死体の処理を指示したのだ。

（ああ……）

きっと、この場にいたのがアメリアじゃなくクリスティーナなら、彼はこんなことはしなかった。

今、この瞬間でさえなければ。

アメリアはきっと、彼のその行動を優しい気遣いだと、そう自分に言い聞かせて道化を演じられただろう。

――限界だったのだ。いろいろなことが。

「――……陛下。わたし、お姫さまじゃないです」

「アメリア?」

とん、とその胸を押すと、彼の腕は簡単に離れていく。

離してくれた。だからアメリアは顔は上げなかった。ディートハルトが見るなと言うなら、見せたくないなら、見ない。

だから今彼がどんな顔をしているのか、わからない。

この暗がりの中、アメリアが悔しさに泣きそうになってるだなんてことも、彼に知られることはない。ならばこのまま誤魔化して、笑顔を作って。そういう風に、しようかどうか迷った。

でも無理だった。

「……そんな風に、されると。惨めです。……ごめんなさい」

もっとちゃんと、はっきり感情を言葉にできたらいいのに。そう思うくせに、言葉を探すよりまず気持ちが前に出てしまう。

彼のこの気遣いは、アメリアに対してじゃない。

過去に同じようなことがあったのだ。そのひとはもしかしたら、死体を見て怯えて泣いたのかもしれない。そうじゃなければこの戦慣れした人が、死体が転がる光景を見せまいと女性の目を塞ぐだなんて、そんなこと思い付くはずがなかった。

どうしよう。

（わたしと、全然違う……）

——彼にとって、彼の〝お姫さま〟はそれくらい、柔らかいものでできた人だったのだ。

よろけるようにまた一歩、後ろに下がる。

ディートハルトから距離を取る。

こんな風に気持ちがぐちゃぐちゃになるのは初めてで、アメリアもどうしていいかわからなかった。彼に信頼されるクリスティーナのようになりたかったのか、彼に愛されるその女性のようになりたかったのか。

——でも、どちらにもなれない。

「貴方が見るなと言うなら従いたい。でも、顔を上げていいですか？　ちゃんと、確かめないと、わたし……——」

あの男はアメリアを地下に引きずりながら、ずっと低くくぐもった声でクリスティーナへの妄執を呟いていた。どう犯すか。どんな言葉を投げつけるか。悲鳴が聞きたい、血を流させたい、苦痛に顔を歪める様が見たい。異常な心理状態だったのだ。それはわかる。

だけどこのままならいつか、きっと。

クリスティーナに群がる男達を見て、あの赤毛の男が紛れていないか探すだろう。

そのうちに思うようになるかもしれない。彼らもみな、いつもあの男と同じようなことを考えているんじゃないかって。

彼らも突然、アメリアの首を絞めて殺そうとするかもしれないと。

「さっきの手の感触が、喉に、ずっと——」

「アメリア、俺を見ろ。俺だけをだ」

——ずっとその手はそこにあったのだろうか。

促されるまま顔を上げてまず、目の前に差し出されていた手のひらを見つけて、アメリアはそう思った。

とん、と誰かに頭を優しく叩（たた）かれたみたいだ。落ち着けと言うように。

手を伸べるディートハルトのその瞳にはただアメリアの心情を案じる気配しかない。疎ましいとは思われていない。

そうじゃなかったらどうしよう。そんななんの根拠もない不安に泣きそうになりながら、アメリアはそっと手を伸ばした。

だって信じていた。

彼が言うなら、クリスティーナも無事だろう。宮廷に戻れば疑いは晴れて、きっとすべて元通りだ。

——その代わりアメリアは神の前で宣誓する。

そのときも、こんな風にあやふやな気持ちで手を重ねるのだろうか。

伸ばしかけた手を一瞬止めて、アメリアはディートハルトを見つめ直した。

（このひとは、わたしのものじゃない……最初から）

どうしてすぐに忘れてしまうんだろう。

それでも宣誓の場でアメリアが囁くだろう言葉に嘘はない。

それだけで、いいんじゃないだろうか。そんな風にアメリアが心を閉じようとした瞬間、ディートハルトが動いた。

浮いた手を強引に掴み重ねて、きつく握った。

「アメリア、俺は。怖い」

小さくそう呟くと彼は繋いだ腕を引き、片手をアメリアの頬に添え視線の先を固定した。ディートハルトの顔へと。

距離が近すぎて、彼のその瞳しか目に入らない。

「――……ディートハルト、さま？」

「切れば血が流れ突いて薙げば削げる、人はそういう物だ。死んでしまえば単なる肉でしかない。……俺にとっては」

アメリアが眉をひそめたのは、その露悪的な言葉に対してだった。

彼は真実そう思っているのだろう。ディートハルトに限らず、彼の後ろに控えている、彼を守る兵士たちもだ。なら恥じることじゃない。

「陛下、それは――」

「だが違った。レベッカにとっては」

　──やっぱりそうだった。

　ディートハルトの〝お姫さま〟。もっと真面目になれと彼を励まし慰撫して、彼を大切にして、思い出の中からでも彼を笑わせられる。そんな女性──きっとレベッカというひとも、今みたいな惨劇の中に立ったんだろう。

　そしてなにか、決定的な齟齬か、欠損が。

　それを彼のその唇が紡ぐのを、間近でなんて見たくなかった。

　だけど逃げようとしても逃がしてくれない。その見つめてくる赤い瞳は、アメリアの心の奥に被せていた黒い布を剥いでしまう。

　決して見ないよう目を背けていた可能性──事実を。

「レベッカ様を愛してらっしゃったんですか」

　それは彼の意表を突いたらしい。

　ディートハルトは一瞬間の抜けた顔をして、アメリアを見た。

（……過去のわたしを、蹴り倒したい）

　いつだったろう。彼に恋の有無を尋ねたのは。

　あの時、ディートハルトは俺を悲劇の主人公にしたいのかと笑って、アメリアはそうじゃないと答えた。

　なにがそうじゃないだ。

――こんなに痛ましい姿を見たいと言ったも当然だ。

「すみません、わたし……」

目を逸らしたい

だけど許して貰えない。

向けられるその視線を受け止めて、返すこのまなざしに場違いな妬心が滲んだらどうしよう。

そう心の片隅が怯える。だってこの震える心に、彼に向かう濁流のような感情の中に、それがほんの少しだけ混じっていると自分でわかっていたから。

だけど彼はそれには気づかなかった。

あるいは触れずにいてくれたのかもしれない。

「……今にして思えば、そうだな。お前がクリスティーナに向ける情に似たものは、あったかもしれない。ただ俺にとってレベッカは、俺の妻になる女という認識しかなかった」

「それは、だから――」

「愛しているならお前だけだ」

その赤い瞳は血のように濡れている。

息を止めたのも離れようとしたのも、全部意識してのことじゃない。でもアメリアのそれは、熱に浮かされたように曖昧に濁っていたその色の印象を一変させた。

執着心が燃え立つよう。

なんて顔をするんだろう。

──彼はなんと、言ったんだろう。

「ディートハルト、さま。それは……」

このひとはきっと、もっと、誰かに頼るべきだったのだ。下らない話を笑って聞いてくれるような誰かを作るべきだった。

（そうしたら、きっと──）

それはアメリアに向けられていい言葉じゃない。

ディートハルトを仰ぎ見ていた視線が重力に抗えず落ちていく。きっと彼から目を背けたようにしか見えないだろう。それでいいと思った。

なのに。

（どうして迷うの）

力なく地面に落とすはずだった視線を中途半端な高さで止めたまま、アメリアは千々に乱れる自身の心に泣きたくなる。

「俺が妻にしたいと思ったのはお前だけだ」

どうしてそんなことを言うんだろう。

一度固く目を瞑り、そしてアメリアは向けられる視線から完全に目を逸らした。彼女にとってそれはある種の決別だった、けれど。

ディートハルトの、声が。

「レベッカは、そうだな。俺が将来皇帝になると定められていたのと同じだ。あれにとっても、決まっていたんだ。運良く相性も悪くはなかった。だが何も積み上げてはこなかった。だが俺だけじゃなかっただろう。恐らくは、互いにだ」

そこで彼は言葉を切って、遠い過去の自分を思い出すように目を細める。

「産まれた時から十になれば祝いの席が催されるのは決まっている。十三の歳に戦に出るのも決まっていた。そういうことと、同列だった」

最後にぽつんと落とされたその言葉で、彼の語りは終わった。

（なんで……）

目を逸らそうとしていたアメリアが無視できないくらい、どこかがほんの少し欠けたような声だった。彼のその、おそらくはまだ半生にも満たない人生について、アメリアが言えることなんてなにもない。

だから。

「――……なにが、怖いんですか？」

彼のその視線を追って、目を合わせて。一つ一つを丁寧に重ねようとするアメリアに、だけど彼は間を置かず返す。

「お前が俺と同じ生き物ではないことが」

ディートハルトはそこでやっと、我に返ったように笑った。

まるで自嘲するように。

もしここで、彼の心をくすぐる甘言を口にできたなら――

アメリアという存在は彼の心にずっと残るだろう、特別な存在として。本当は全然そんなことないのに、その誤解を彼はずっと、きっと、信じ込む。

彼はそれくらい孤独なのだ。

（でも……）

アメリアにはそれは難易度が高すぎた。笑えるくらいに。

だってさっき生まれて初めて、これまでの人生が失敗ばかりの連続だったと気づいたのだ。こんな風に気持ちを零すひとに対して、なにを言ってあげられるだろう。意味のある言葉なんて、なんにも出てこない。

遠くでなにかを水路に投げる音がした。

こんな暗がりで検分はできないから、死体を落としたりはしないだろう、そうも思うけど。護衛の兵士はディートハルトの意思と思えば、それを先回りすることはためらわない。

――そちらを、見ようと思えば見られたけれど。

「ディートハルト様。助けてくれて、ありがとうございます」

「ああ」

「あの男はもう、居ないんですよね？　陛下が、殺した」

「……ああ」

「もしかしたら、何度かまた、同じことを訊いてしまうかもしれないです。陛下の言うとおり見たらショックを受けるかもしれなかったけど。でも、見ないままは、怖くて」

――生きていたらどうしようって。

「わかった。いつでも訊けばいい」

何度でも繰り返してやる。

そう言葉を重ねた彼はきっと、この言葉を嘘にはしないだろう。

さっき、ディートハルトの笑みが陰ったその瞬間に、制止でも、否定でもいい。こんな風に本気で気持ちを伝えたら。それだけで良かったのかもしれない。

（逃げるのは、やめよう……）

自分でも気づかないうちに吐息が落ちて、そう素直に思えた。

「レベッカさまは？」

「心を壊した。俺にはそれが理解できなかった」

アメリアはそっとディートハルトの頭を撫でた。言葉の代わりに両手を伸ばして。

水に濡れたそれは冷たくて、布で拭ってあげたかったけれど。きっと今は不可能だろう。もうあの足元が揺れるほどの振動は伝わってはこないが、ならば今まさに地上では人と人が殺し合っている。

アメリアの手にディートハルトは驚いたように目を瞠（みは）った。一瞬だけ。

（なんて言ってあげたらいいの……）

彼の言う通りだ。

彼の婚約者として育てられた少女もまた、幼い頃から命を狙われたことだろう。時に刺客は護衛に倒され命を落としたろうし、その護衛たちも常に無事とは限らない。そんな屍の上に立っていたはずだ。

それが目の前に転がる死体一つで、と思う。

そして彼は、そう思ってしまう自分、レベッカを理解できない自分にこそ呵責を覚えているのだ。アメリアの手が届きやすいよう、身を屈めてくれる優しさがあるから。

（でも、ディートハルト様。もしかしたらレベッカ様は——）

彼の口ぶりから考えたら、きっと彼女か彼を狙った刺客はディートハルトの手に掛かって倒れたに違いない。レベッカの目の前で。

そこで地に伏した血まみれの死体は、一歩違えばディートハルトの姿だったとしたら？

彼女がそう思ったのだとしたら、その恐怖にこそ彼女は耐えられなかったのではないだろうか。それで心を病むほどに、彼を愛していたのではないのか。

——そう告げたら、彼の心は軽くなるだろうか。

ゆるく伏せられたその目とは、視線が合わない。それを良いことに、アメリアはその綺麗な顔をじっと見つめながら考えた。

迷ってしまっていた。だって。

（勝手な想像で、適当な言葉で、このひとの気持ちを掻き回すの？）

この心の声は、真実ディートハルトを案じているみたいに響いた。でも、本当はどうだろう。

彼のひやりとした髪を耳の後ろへ撫で付ける、その指先が冷たさに震える。

――そうじゃない可能性を示したら、このひとは彼女に還ってしまうのではないのか。

その瞬間、気持ちの天秤が一気に傾いた。

「……気持ちの優しい、繊細な方なんですね」

白々しく声が響かないように、俯いて。でも声が震えないように。彼が不審に思わないように。

――言わない、と決めた。

一人目の、最も皇帝の妻にふさわしかった女性はまだ生きていて、もしかしたら心の傷だって良くなることがあるかもしれないのに。

「アメリア？」

その声に弾かれたように顔を上げて、口を開いた。

でも。

「……好きです。ごめんなさい」

言えなかった、どうしても。

代わりに震える声が紡いだ言葉は、とても空疎で寂しかった。

アメリアの顔を見つめるその目が徐々に険しさを増していくのが怖かった。それでもディートハルトに人の心を覗き込む力がない以上、罪深さに震える指先を握り込んで隠してしまえば誰に気づかれることもない。

この地下の暗がりでも、彼のその瞳の色をはっきりと思い描けた。

それくらい美しいものだから。

その赤がアメリアの胸にできた亀裂に染みこんで、じわりじわりと広がっていく。ディートハルトは何もしていない。

ただアメリアを見つめるだけだ。

「……やっぱりだめ」

こんな気持ちで宣誓なんてできない。なにもない、賢さも美しさも、優しさも足りない。その上、卑怯者にまで成り下がって。それでこの人の隣に立つのか。そんなこと許されるはずがない。

——彼は、だって、アメリアに「愛している」と言ったのに。

「あなたが好きです。だから。どうしよう。ディートハルト様、わたし、わかる気がするんです。レベッカ様は、もしかしたら——」

やっと言えると思ったのに。

続くはずだった言葉は彼の口の中に呑み込まれてしまった。なにが起きたかわからなくて逃げようとした身体を抱えられて、唇が重なるだけだった口づけが深くなる。

その甘い暴力に、頭の中にあった言葉が全部、その感情ごと吸い取られてしまう。ぞくぞくと慣れた快感を身体が重い出しかけた瞬間、濡れた唇が離れた。

間近から覗き込んでくる赤い瞳。

そこに映る感情を読み解く前に、また唇を舐められる。ぼんやりとした視界の中で小さく笑う彼の顔と、滑る舌の感触に、心臓が叩かれるみたいな気がした。

「余計なことは考えていないな？」

「へい、ッぁ……」

軽く歯を立てられて、舐められる。

その愛撫の仕方を知っている。ずくり、とはっきりと身体の奥がその予感に震えた。それに真っ赤になったアメリアの唇をディートハルトは指でなぞる。

喋りすぎたな、と彼はそう独りごちて身体を起こした。髪を掻き上げながら。

「アメリア、お前、わかってないだろう」

「は、い？」

「いつかも言ったが、俺は悲劇の登場人物じゃない。これから結婚を控える、……なんと言うんだったかな、果報者か？」

「陛下は、――ディートハルト様は」

ちらりと視線を向けられたら、自然と口がそう言い直していた。

「わたしのことが好きだって、思い込んでる……だけだと、思うんです」

言葉を選ぶ間も彼の指はアメリアの唇で遊んでいた。

やっと口にできたアメリアにとっての事実に、彼は少し眉をひそめて、また形だけ唇を重ねる。それで頬に落ちる濡れた髪を厭うように頭を振った。

「愛の言葉は囁かないんでしょう？」

「嘘に聞こえたか？」

アメリアはそれに首を振った。

「——……だから、すごく。困ります。陛……あなたは、とても優しいから。私が好きになったから、そう言ってくれるだけかもって」

「なるほどな」

あの言葉は親切心からだったんだが——

そう、ディートハルトはアメリアの首を傾げさせるようなことを言って、少し考えた風を取り繕った。だけど視線はアメリアに据えられたままだ。

逃がさないと食らいついてくる。

「過去はどうしようもない。お前が本当に、ここから、そう感じているなら救いはないのかもしれないな。可哀想に」

また唇が重なった。

今度は指の腹でこじ開けられた唇の隙間から、また舌が這入ってくる。

くちゅり、と響く水音がいまさら死ぬほど恥ずかしくて、身体を強ばらせた。護衛がいる前でなにを言って、なにをしているんだろう。

（どう、しよう。これ）

止めなきゃいけないのに、アメリアの方が我慢できなくなりそうだった。でも駄目だ、本当に。今ここで、こんなとこをしたら。

「陛下、は、上に上がらなくても」

「いい。ここの方が安全だろう」

――なあ？

そうランプの向こうにいる人影に問いかける。

「どちらにしろ宮廷に戻ればお前は名実ともに俺の物だ。それから、学んでみるのもいいんじゃないか？」

その視線は、脱がされそうになって半ば破れたドレスに注がれていた。「今は訊かないでおいてやる」と囁かれて、ほっとするよりぞっとした。乱れた髪も、古城の中で逃げ回っていたからだと思える範囲だけど。

「嘘に聞こえない、か。可愛いな、アメリア」

それを嗤いながら囁くから、まったく言葉通りの意味に聞こえなかった。『馬鹿なほど可愛い』の意味なら〝かわいい〟で合っているのかもしれない。

また重なるのかと思った彼の唇が不意に逸れて、耳に触れた。

――あいしている。

びくん、と身体が跳ねた勢いで後ずさろうとしたけれど、やっぱり無理だ。まるで熱湯に触れたみたいに肌が赤くなる。一瞬で、身体の隅々、指の先まで。

それに自分で驚いてしまった。

「あ……」

「それにお前だってもう気づいたんじゃないか?」

思わず見上げた先でディートハルトが向けていた視線は、さっきよりずっと甘やかで、絡めてしまえば逸らせないそれに身体まで縛られてしまう。

「俺は、自分がやりたいことを、やりたいようにしかしない。したことがない。アメリア、真面目に見えるならそれはお前が真面目だからだ」

身体が心と繋(つな)がっているのか、心が身体と繋がっているのか。

どちらが先かわからない。

「ディート、ハル……――ッ」

「多少の我慢はしてやる。その分、褒美はちゃんとくれるんだろう?」

エピローグ

「これで、文句はないな？」

不敵に笑うディートハルトの顔につい見惚れかけて、アメリアは慌てて首を振った。

言いたいことはたくさんあった。

アメリアは自分が絶対に間違ってない自信があった。だけど今のディートハルトを前に真っ向から反論する勇気はない。

もちろん必要ならするけれど、今はそのときじゃない。

今、求められているのはただ同意すること。

それから、服を脱ぐことだ。

アメリアは涙目になった目を逸らしながら、その事実に顔を真っ赤に染めた。


アメリアの我が儘で最初からあった作戦を滅茶苦茶にした、あの日からもう四か月が過ぎていた。そう、あれはあくまでも〝最初からあった作戦〟を焼き直したもの。実は問題の最初からクリスティーナを助けるために彼らは動いていたのだ。

「だからお止めしようかと思ったのですが。言ったが最後今度こそ陛下に殺されてしまいそうで、自宅で往生を目指す私としては如何とも……」

そう宰相のバーナバスは芝居がかった仕草で首を振った。

クリスティーナは皇位継承から外れてはいても、帝国からフレーザー公国に預けられた皇子だ。それが火種となり臣下の国を焼くなどと、そんなことはできないと先代の秘密を知る一部は大騒ぎだったらしい。

それこそ、アメリアが宮廷に呼びつけられるずっと前から。

誘拐されていた皇太子妃もお腹の子も無事に保護された。視察に連れていた軍の半数はそもそものためのものだったそうだ。

そのため、隊が手薄になったそのほんの数時間を敵に突かれて襲撃を許した。それを主導した男、あの黒髪の男は斥候工作員の一人と見られて拘束されている。

クリスティーナが皇妹と知られて大変そうなことを除けば、大きな問題はなかった。アメリアにとっては。

宣誓の儀は結局、あの小さな聖堂の中で行った。

追い立てられるような忙しなさの中、宮廷に戻ったその足でのことだ。それで名目上の妻は卒業だった。

それが四か月前のことで。

一度宮廷の外に出た寵姫は男と密通したとの前提で扱われる。その間に妊娠していないことを証明するため、半年の間アメリアは離宮に隔離されることになった。

元々その条件を呑んで、無理を通して出て行ったのだから、別に不満なんてない。ディートハルトに会うことだって可能だった。

でもこういう触れ合いは拒否し続けた。

もし万が一このタイミングで妊娠したら、生まれてくる子は正式には認められない存在になる。それは政治的にもとても面倒なことだ。大勢が寄って集ってディートハルトを諌めて、最終的に二人は会うことも禁じられた。

それも昨日までの話で。

アメリアが離宮から出ることを許された今日は、三か月と半月ぶりの逢瀬になる。

今までと、恥ずかしさの種類が違う。

(どう、しよう……)

「あの。やっぱりまだ……」

「いいぞ、言ってみろ。医者が妊娠の可能性はないと断言して、朝儀でも認められ、完全に式も終わったが、これ以上まだなにかあるというのなら」

言葉を詰まらせる妻の様子に、ディートハルトは満足そうだ。

アメリアは観念してナイトドレスのリボンを解いた。そのまま脱ごうとする腕を掴まれて、一瞬期待してしまった分、間近から見つめてくる視線の強さに息を呑む。

「ディート、ハルト、さま」

やっぱり、こういうシャツ一枚の姿の方がずっと、好きかもしれない。

さっきまでの礼服も装飾もこれ以上ないほど豪華で、それに負けないディートハルトの姿は圧巻だった。

歓喜する群衆、それを見下ろして笑うディートハルト。

その隣に、これ以上なく飾り立てられたアメリアが立っていた。

そんな昼間のお披露目(ひろめ)式を思い出せば、滲むような疲労感にくらくらしてくる。その後は絢爛豪華な夜会だ。いつか女官に差し出された名鑑の知識がなかったらと思うと怖い。

だってどんな嫌がらせだろう。誰も教えてくれなかったのだ。そんな準備が進んでいるだなんて。

ディートハルトに会うために先導する侍女に付いて廊下を歩き、クリスティーナに会ってお祝いを言われ、それを宮から出られたことだろうと思い込んで。

開かれた扉の向こうに立つディートハルトの、さらに向こう、広がる群衆の影にアメリアは気を失いそうになった。

(だから、わがままかもしれないけど……)

本当は、もうちょっと落ち着いて話をしたい。でも。

「利口になったな」

近づく彼のその囁きに、首筋までが真っ赤な羞恥に染まっていく。

いつのまにか寝台のすぐ手前まで追い詰められていた。ばさりと落ちたドレスに足が絡み、後ろに倒れそうになるのを彼の腕が引き留める。

（また、目が合った……）

ずっと見つめ合ってるような気がするのに、どうして。この甘ったるい空気に窒息してしまいそう。

ディートハルトはアメリアの気持ちを判(わか)っているのかいないのか、ただ笑うだけだ。

柔肌を滑る彼の手。くすぐるようにも感じるその指先。アメリアの動きでますます脚に絡まっていたドレスから、まず片脚が救い出された。

「ぁ……、や、」

恭しくとまで思える、そんな丁寧さ。それが今までと全然違って、恥ずかしい。

彼の手が膝裏を持ち上げるように差し込まれた。そのまま押し上げられて、アメリアの身体はベッドの上に倒れ込む。

「や……っ」

下着は着けていない。

だから大股開きに膝を割られたら、そこが彼の目の前に晒(さら)されてしまう。

きっと彼にとっては小さな意趣返しなんだろう。でも吊されたランプの明かりは天蓋の内側を覆う白い布に反射して、いつもよりずっと明るい。

細部がちゃんと見えるくらい。

「ゃ、見な……ぃで」

ただ恥ずかしい。両腕を胸の前で抱え込んで、アメリアは必死にその羞恥をやり過ごそうとした。そこにひやりとした空気を感じる。

「ぁ、あぁ、……――ッ」

脚の間を指で割り開かれたのだ。

一瞬足をばたつかせただけで、アメリアはすぐに諦めた。まだなにもされていないのに、ひくりと蠢(うごめ)くそこを見られるだけで、じわりとした熱が広がり蜜になって滲んでいく。

ふ、と彼が零(こぼ)した吐息は、そんな身体への嘲笑かと思った。

でも違う。ぬるりと、粘膜になにかが触れた。

「な、ぁ、……ゃあ！」

見開いた目に映る光景が信じられない。

「や、汚……だめ、駄目！」

とっさに出た手は、でも、向けられた視線の一つで宙に止まった。

それを確かめ、その赤い瞳が笑む。いいこだ、といつもその顔で囁かれていた、その声が脳裏に蘇(よみがえ)った。

そしてまたそこに口づけられた。

「あ、……ッそれ、あ、やめ、ッて、ぁ……ッ」

逃げようとしたけど、舌先でくすぐられる刺激に肘が崩れてしまう。抱えられた脚は身を捩(よじ)

るので精一杯で、それもやっぱり意味がなかった。

「そんっ、ぁ、あ、だめ、ぁ……！」

舐められている。さっきまで震えていた膣口がその刺激にさらに熱くなった。気持ちいいのか、恥ずかしさに極まった頭ではよくわからない。でもその、ちろちろとくすぐるような舌の動きをはっきり感じるくらい、そこに意識が向いていた。

そこに慣れた快感が走る。

「っ、……ん――！」

いつもの刺激にとろりとなかが溶けるのがわかった。濡らされる口のすぐ上、膨らんだそこに指がかかったのだ。

口を塞いでも、鼻に掛かるような声が抑えきれない。勝手に腰が揺れた。指も吐息も視線も全部に感じてしまう。

（やだ、や。はずかし……ッ）

快感を誘うように転がされて、擦られて。頭を振っても散らせない慣れた甘い痺れに誘われて滲み溢れるその液を、舌が舐め取り、のばす。

指とは違って曖昧な、でも甘い感覚になかが震えた。舌先が入り口を広げるみたいに滑って、でもなかを弄ってはくれなくて。

焦らされればどんどん感度が上がっていく。舐められて、感じて、指先の愛撫に意識を向けようとするのに、もっと曖昧な刺激を拾い上げようと身体は躍起だ。

彼にそんなことをさせている、いけないことをしているという気持ちしかない。なのに身体が動かない。

その震えて尖った先を擦られて、身体を冒す痺れが背中を駆け上がった。

「やめ、やぁ……！」

「イイ声だ、が。嫌だばかりでは興が削がれるな」

「じゃ、もう、やめ……ぁ、くだ、さ――ッ」

指先がひくつく入り口に当てられた。

尖りを転がしながら、濡れ具合を確かめるみたいに表面だけ、指二本で掻き回される。その訪れを待ち構えるみたいにぞわりとなかがうねった。

その指を奥に入れてほしい。

腰が細かく震えるのは、敏感な尖りが指で軽く押さえつけるだけで、動いてくれないから。途切れかけた刺激を惜しんで身体が勝手に縋り付く。でもその鮮明で強い快感より、今は奥でくすぶる熱をどうにかしてほしかった。

「ぁ、おねが……っ、も、なか――」

「欲しいのか？」

囁かれて、アメリアはただ首を縦に振った。

次の瞬間、指が届くだけの奥へと差し込まれた。押し広げられる小さな痛みも違和感も全部快感に変わって、堪えようとする喉の奥へせり上がっていく。

それを決壊させたのも彼だった。

「ひ、ひゃ、あッ！　……ぁ……っ……ッ」

指で開いた入り口を、舌で舐められてる。

思わず仰け反れば彼の手に下肢の尖りを押しつけてしまって、じんとした甘すぎる衝撃に指を咥えたなかを引き絞ってしまう。はっきりと指の形がわかるくらい、腰が砕けるくらいの甘い衝撃の上から、ぴちゃぴちゃと舐める音。

耳まで犯されていく。

「だ、め……ぇっ！　あ、んんっ、やめ、ゃ！」

諦めろ、と。いつもみたいに言う代わり、固くした舌がなかに押し込まれた。

びくんと強ばる身体が、喉の奥で嬌声を殺していくけど、ちゃんとできているかわからない。だって目の前をちかちかと何かが光って、もうほんの少しでも押されたら達してしまう。

その瞬間、指が離れた。

あ、と思わず零した声に誰かが笑う。誰か――……ディートハルトだ。

ぼんやりとした視界に揺れる彼は、濡れた指でイきたがる膨らみを転がしながら、蜜を溢れさせる小さな口を舐めくすぐっていた。

目が合えば、向けられるその赤い瞳が細められる。

ちゃんと言えば、くれるのかもしれない。

（――いやだと、だめだと言ったから……？）

もう降参したかったけど、指と舌の愛撫のせいで、泣き言がちゃんとした言葉にならない。気持ちよさとじれったさ。刺激は声を殺せないほどではなくて、アメリアは終わりの見えない愛撫に必死に耐えた。

そのまま耐えて耐えて、どろどろになった頃。

身体を二つに折り曲げるみたいに、脚が胸や肩に付くくらい押し上げられて腰が浮く。押しつけるように預けられた自分の片脚に、アメリアは慌てて腕を絡めた。ディートハルトは空いた手を猛るそれに添えて。

「あ、ゃ、ああん、ん――――っ！」

ぐぷ、と音がした。

ぐちゃぐちゃだった下半身に、彼が埋まっていく。少しずつ。どうしてこんなに焦らされるんだろう。

理性の箍(たが)なんかとうに外れてる。

それでもわめき出しそうになる自分にアメリアは必死で耐えた。

「ぁ――……ん、は、あ、ぁ……」

もっと、はやく、奥まで。じりじりと焼け付くような焦燥感で頭がどうにかなりそうだった。欲しくて欲しくて、焦らされてたまらない。

ディートハルトが笑っている。

蠱惑的(こわくてき)な弧を描く唇を舌が這(は)う。その唇に口を塞いでほしかったけど、遠い。ぼう、としたアメリアの視線に、彼は何か囁いたみたいだけど、聞こえなかった。

最奥をその切っ先が抉り上げたから。

「――……ッ！」

ぶわ、と頭の中を揺さぶられるみたいな衝撃。

それが甘く響くみたいに全身に広がった。なのに息を付く前に、それはすぐに取り上げられてしまう。

ひどい。

奥に届いた。と思ったのに。

「ぁ、ぁ、あ……ッあ、――」

馬鹿になったみたいに涙が溢れた。謝れば許してくれるのだろうか。でもなにをしただろう。わからない。頭の中はぐちゃぐちゃだった。

ただ一つだけ。また焦らされるなら、もう絶対に耐えられない。それだけがはっきりわかって、怖くて、欲しくて、見下ろしてくる目に視線で縋り付いた。

でもきっと伝わらない。

そう思って、泣き出しそうになった瞬間。

「ああぁッ、ん、んん！」

一気に奥までなかを擦り上げられた。

最奥を叩かれて、抉られたみたいな衝撃だったのに、背筋を頭まで駆け抜けたのは痛みじゃなくて快感だった。

（これ……。きもち、いい……？）

ぴくん、ぴくんと指先が震えている。

無意識にディートハルトの身体を探して指が彷徨（さまよ）う。それを掴（つか）まれて、握られる力がその通りだと笑うようだった。

与えられたそれにいやらしく縋り絡む身体が、気持ちいいからもっと欲しいと訴えかける。欲しがれと。

でも怖い。

心と身体がほんの少しずれたみたいで、ふと差した恐怖にも似た衝動が逃げだそうとする心を後押しする。

けど、この体勢でどうしようというのだろう。

ぐちゅん、と音がした気がする。軽く引いた熱の塊はまたすぐ奥を突いて、叩いて。何度も何度も、強ばりかけた身体を固い熱にこじ開けられて、なかが擦られて。

それがすごく気持ちいいことなんだと理解したらもう駄目だった。

たぶんきっと、その時点でアメリアの頭はどこかおかしくなっていたのだ。

「あ、あ、ぁ……ッあぁぁ、ん、んん……ッ」

突いて、抜かれて。また押し込められる。

彼の動きに合わせて腰が揺れた。猥りがましく。それをアメリアは目を見開いて見ていた。

彼のあのいやらしい形をした、あれが、突き立っている。

身体を二つに折るような体勢は苦しいのに、そこから目が離せない。

誰も見ろと強いたわけじゃないのに。

「ぁあ、……あ、あ、……ん、や」

「なにが、嫌だ」

「や、いやらし……ッ」

ず、と引き抜かれる。半ばまで。

その手前、ぴょこん、と突起が立ち上がって、襞がめくれて、赤く熟れたように色づいたそこは滑りを帯びて光っていた。そこに腰を押しつけられると、どうしても甘い声が漏れてしまう。

指を咥えてそれを止めようとした。だって、これ以上は無理だ。

(あたま、おかしくなっちゃう……)

目を瞑ってしまえば良いのかもしれない。

指を噛む唇の隙間から熱を吐き出しながら、ふとそんな正解が頭を過ぎったけど。

「あ、ぁ、そこ……――」

ぬくりと、緩慢な動きで抜き出される彼の性器を濡らすのも、アメリアの蜜なのだろうか。

それに濡れて滑る彼のカリが、なかの、気持ちの良い部分を擦り上げてくれる。

見えないけど、わかる。想像してしまう。

だっていやらしく光るその光景だけでも目に焼き付くには十分なのに、強い快感とセットなのだ。

「はぁ、あ……ッ！　ぁ、あ、……あ、んんっ」

纏わりつくような快感を散らしたくて頭を振るけど、視線は逸らせない。

だって少しでも違うことをしたら。

——目を離したら、また焦らされるかもしれない。

（ここで止まったら、わたし……）

耐えられない。

こんなになって、気持ち良くて、だけど寂しくてディートハルトを探した。すぐそこにある体温に気持ちが縋り付く。この気持ちよさはなんなんだろう。甘いこの熱で彼に吸い付いて、でもこの強すぎる快感が彼の存在を遠ざけるみたいな。

「ディート、ハル……ッ、やぁ！」

すごく感じる部分を抉られて、びくんとお腹まで震えてしまう。それだけなら耐えられた。でも何度も、そこだけ擦り上げられるともう駄目だった。

声が我慢できない。

ちかちかと目の前を星が散って、唇から唾液が零れそうになる。

汚い。醜い。

だらしない表情を晒してる。隠したいのに、両手はどちらも塞がっていた。折りたたんだ脚に縋るように抱きついて、唇に指を押し当てて、だから。

まとわりついてくる視線から逃げられない。

「や、や、やあ！　あ、あ、ッぁ……」

小刻みに腰を揺らされて、頭を振った。ぱさぱさと髪が頬に張り付いて不快だった、それを伸びてきた彼の手が耳の後ろに撫で付ける。

そこばかり苛めるのを、やめないで。

「まだ、『いや』か。それとも逆か？」

ふ、と吐息のような、笑いのような。彼の声が耳に届いた。

顔を上げると、すぐ間近から見つめられていた。

その愉悦に溶ける綺麗な瞳の、赤い色にぞくりと心が震える。好きだという気持ちに窒息してしまう。揺さぶられるから上手く像が結べない、でもその残像の赤が耳元で囁いた。

笑いながら。

「気持ちいいだろう？」


花の香りに誘われて、重たい瞼を持ち上げる。

気をやっていた身体はくたりと前に凭れて、受け止めてくれる腕の中にあるみたいだった。

アメリアはその体勢のまま、ぼんやりと目をさまよわす。

その先。ゆらゆらと揺れる視界の端に、花が揺れていた。

(あ……)

初めてここに来たあの日、そこには何も飾られていなかった。

あの花瓶の中に花の影があることに心のどこかがほっと緩んだ。あれが空っぽだったのは、ずっとここに人が住んでいなかったからだから。

「この体勢で余所見か」

「ちがっ……ぁんッ」

軽く浮かされていた身体が、膝の上に落とされる。

滑るように最奥まで咥えこんだそこを締めてしまって、深くなった快感に身体に力が入らない。アメリアの視点では確かにそうなのに、腰を揺らすのはアメリアの方だ。

「ん……ぁ、ぁ、あぁ……」

お湯に浸ったときのような、吐息に混じる感嘆の響き。

その合間にいやらしい音が聞こえる気がする。それが嫌で、アメリアはのろのろと両腕を伸ばして向かい合ったディートハルトの首に縋り付いた。

目の端に映る彼の唇が、満足げに笑う。

それが嬉しくて、その唇に唇で触れた。

(あ。なにも、着てない)

ずっと、アメリアを抱くディートハルトが肌を晒したことはなかった。

直に触れる肌は、薄いシャツ越しの体温とは違ってずっと熱い。

「ディート、ハルト、さま」

「なんだ？」

首筋に触れる唇も、耳に直に注ぎ込まれるような声も。

どうしてこんなに心を揺さぶるんだろう。

かすかに笑いに揺れて聞こえる声が、きっともうすぐ、いつもみたいに言うんだろう。「上手にねだれ」とか、「なにが欲しいか言ってみろ」とか。

でもちゃんとできなくても許してくれる。

（泣かせたい、だけ。かな――）

でもそれを確かめる余裕なんてない。はっきりしているのは、縋り付いた身体の熱さと、繋がる下肢からじわりと広がる危うい感覚だけだった。

ほんの少し腕を緩めて、縋り付く手を離して、その顔を覗き込む。

何を確かめたかったかわからない。ただディートハルトの顔を見たかっただけなのかもしれない。

そんなアメリアの全部を見透かすような目がそこにあった。

その興奮に濡れる瞳に見入ってしまう。

アメリアを焦らそうとして、逆に焦らされて引き結ぶ唇が、甘く弧を描いていった。その猛ったその色香は、泣きたくなるくらいに綺麗だ。

「好き。……大好き」

　口から気持ちが零れてしまった。

　何を期待する訳でも、伝えたかった訳でもない。ただざわざわするこの感情を言葉にして落としたら、ほんの少しだけ楽になった。そんな自分の心がおかしくて、ふふと笑ってしまう。

　身を寄せれば敏感なところが擦れて、その快感に肌が粟立つ。でもそんな刺激より縋り付く先のその熱い身体の方が気持ちがいい。

（いいにおい……）

　直に肌が触れあう。触れ合わせてくれた、それがすごく嬉しかった。

「……お前は、馬鹿か」

「え？」

　目が合ったのは一瞬。

　唐突に始まった下からの突き上げに、身体が仰け反りながらの一瞬だった。上に伸び上がった身体はでも、腰に絡む腕に引き戻される。

「ッあ、……ぁぁ、あ、あ、や！　ゃ、おく……ッ」

「そこでッ俺を咥えてろ！」

「ひゃ、ぁっ！」

　ぐりぐりと奥を抉られる衝撃に、びくんと身体が跳ねる。

（もう激しくしないって、言った、のに……ッ）

「ぁ、ぁ、あ……ッ」

上に、上に。意識も身体も、少しでも強すぎるその快感から逃げようと、それはたぶん本能的な仕草だった。だけど腰に絡む腕が一ミリも逃げることを許してくれない。

「だ、め……ッぁ、ディー……――ッッ」

なにをされても、全部、きもちいいのかもしれない。

仰け反った拍子に突き出した胸の頂きを噛まれ、嬲られ、掴み上げるその手に縋って泣きついた。やめて、だめ、できない。多分だから、ますます拘束が強まってしまう。わかっている。だけどどうやって耐えたらいいのかわからない。

激しい突き上げに腰だけ別の生き物みたいに揺れていた。

小刻みに跳ねるみたいな動きで、穿たれればまた大きく震えるけれど、脚には力が入らなくて全部為すがまま。

「ああっ！　あっ、ひ、ぁ、そこ、や……ぁッ！」

「――ッいい、だろう」

跳ねる肩に歯を立てたディートハルトが、そこから掠れた声で囁く。

「は、あ……へい、か――」

「違う」

「あぁッ！」

一際強く抉られた。奥をこじ開けるみたいに。

刺激が強すぎて息ができない。ちかちかと涙越しに見える色が瞬いて見えた。ぴくん、ぴくんと走る痙攣に、気持ち良いのだとわかった。

ず、となかを引きずり出すみたいに引き抜かれていく。

ぞくぞくと背筋を駆け上がるのは、また叩き込まれるだろう強い快楽に対する恐怖なのか、期待なのか。

「ディート、ハルト……――」

「そうだ。俺の名を呼ばないなら、お前のことも違う名で呼ぶぞ」

――王妃、なんてどうだ。

繋がったまま、またゆっくり身体を揺すられる。

脚を抱え上げられると、甘い責め苦の予感に彼を咥えたままのそこが濡れる。

「や、だ。やだ、なまえ、よんで」

「アメリア」

そっと身体を寄せてきたきたそのひとに、耳元で囁かれた。アメリア、と二度。それだけで涙腺が狂ったみたいに涙が溢れる。

「どうした?」

「ゃ、わからな――」

その吐息が肌に甘すぎただけだ。

嫌じゃない。少しも。でもその響きの所為で彼に捕まって、動けない、その拘束感にどうしてか満たされる。

獲物を前にした獣の目。

アメリアの非力さを嗤いながら、拒絶の響きに瞳の奥で小さな不安を揺らしている。

「ディート、ハルト、さま」

両腕を彼の首に回して、目の前にある唇に口づけた。

もっと。

「だっ、て……ぁ、ッ！　は、ぁ、すき、……きもちい、も、っ……ッッ！」

さっき耐えられなくて気をやった快感がまた、もっと強い波になって迫ってくる。それにアメリアは背を反らせた。

「は、我が儘、だなッ」

「たくさん、ついて」

逃げるのを諦めたら、ふわりと視界に柔らかい紗がかかったみたいになって。

（あ、きれい……）

ディートハルトの、その深紅が揺れて、滲む。

そう見惚れた刹那、その背中を乱暴に抱き寄せられて、密着する身体を滑らせるみたいに奥にねじ込まれた。ほんの少し角度が変わっただけなのに。

全然違って響く刺激に腰から下がびくびくと震えて跳ねた。

「ぁ、あ、あ、……ん、んん、ぁあ……」

もう何度目だろう。

真っ白くてねっとりした甘い餡。そういうものを、舐めて、しゃぶってるみたいだ。何度も達かされて、頭がおかしくなってしまったのかもしれない。

痛いくらいの拘束。そのまま、激しく繋がったそこに力任せに注ぎ込まれて、それが気持ち良くて。

満足げに零れていく吐息が、恥ずかしい。

「ディートハルト、さま」

呼べば、その瞳がアメリアを写す。

彼の息が上がって、汗に濡れた肌が光って。気怠げで色っぽくて、なのにアメリアの次の言葉を待つみたいに、ずっと見つめてくれている。

「ディート、ハルト……」

「なんだ、もっと欲しいのか？」

「そうじゃ、なくて」

欲しいけど、もっと。いつも。ずっと。

――ああ、どうしよう。このひとに何を伝えたかったのか、どんな言葉ならふさわしいのか、幸せすぎてわからない。

「えっ、と……――ありがとう、ございます？」

「なんだ、それは」

額を付き合わせるように距離を詰めてきた彼が、そう言って笑う。

その姿が胸に迫って、心が震えて。

泣きたい訳じゃないのに、涙がにじんでくる。

なにか言わなければ。そんな風に胸に迫る焦燥感の裏にあるのは、いつか言えなくなるかもしれないという恐怖じゃない。

でもじゃあ、この気持ちはなんだろう。

言いたくて言いたくてたまらないのだ。馬鹿みたいに。

「……アメリア?」

囁いてくるその目を覗き込んで、震える吐息を声に換えれば気持ちが届く。

「愛しています。ずっと。ずっと、一緒に居たいです」

ディートハルトは意外そうに目を開いて瞬いた。

そして笑う。

「俺もだ」

あとがき

はじめまして、夜織もかです。

このたびは蜜猫文庫では三作目になる『軍人皇帝は新妻をかわいがるのに忙しい』、お手に取って下さりありがとうございます。

この作品は私がこのジャンルを書かせて頂くようになった頃に、こういうの書いてみたいんですって相談したら「馬鹿はちょっと…」で差し戻された思い出深い系統です。今回偶々かもですがＯＫ頂いたので喜び勇んで書かせて頂きました！　途中二度も体調を崩し、今度こそ誰にも迷惑かけないという確信が泡と消えたのだけが残念です。

そんな訳で担当様はじめ関係各所の皆さまに対する謝辞は今回もほぼお詫びで。特にイラストのなま様にはとてもご迷惑お掛けしました。すごく可愛いアメリアと格好いいディートハルトのお陰で最後まで頑張れました。本当にありがとうございました！

楽しく書かせて頂いた作品なので、お手にとってくださった皆さまに少しでも楽しんで頂けたら嬉しいです。ここまでお読みいただき有難うございました。

夜織もか

蜜猫文庫をお買い上げいただきありがとうございます。
この作品を読んでのご意見・ご感想をお聞かせください。
あて先は下記の通りです。

〒102-0072　東京都千代田区飯田橋 2-7-3
(株)竹書房　蜜猫文庫編集部
夜織もか先生 / なま先生

軍人皇帝は新妻をかわいがるのに忙しい

2016年10月29日　初版第1刷発行
著　者　夜織もか　©YAORI Moka 2016
発行者　後藤明信
発行所　株式会社竹書房
〒102-0072 東京都千代田区飯田橋 2-7-3
電話　03(3264)1576(代表)
03(3234)6245(編集部)
デザイン　antenna
印刷所　中央精版印刷株式会社

Printed in JAPAN
ISBN978-4-8019-0900-7　C0193

傲慢貴族の惑溺愛
小出みき
Illustration KRN
君の誘惑には勝てない
僕は君に溺れているよ…
中流階級の令嬢ダフネは夜会で気品のある美しい伯爵、フレドリックと知り合った。妻を亡くしたという彼はダフネと親しくしつつも再婚するつもりはないらしい。元々身分違いであると恋を諦めていたダフネだが、意に沿わぬ結婚を強いられたその時、助けてくれたのはフレドリックだった。「きみを奪われたくない。誰にも渡したくないんだ」思いがけず情熱的に抱かれ、求婚されて喜びに震えるダフネ。だが彼には未だ前妻の影が!?